映画シナリオ

武田氏滅亡・信虎の最期

平山 優
Hirayama Yu

MPミヤオビパブリッシング

刊行にあたって

このシナリオを書籍化する経緯については、京都で映像製作を手がけるミヤオビピクチャーズが「こうふ開府五〇〇年」（２０１９年）、「信玄公生誕五〇〇年」（２０２１年）、「武田信玄公四五〇回忌」（２０２２年）の一環として、企画・提案し、その映画のシナリオ執筆を平山 優氏に依頼していました。残念ながら、出資社の都合によりこのシナリオの映画化は実現には至らなかったものの、平山氏の力作であるシナリオを何とか活字にして日の目をみるようにしたいとの思いと、加えて今後、撮られるであろう武田家関連の映像作品製作の一助にもなるのではと考え、今回出版する運びとなりました。この本が一人でも多くの方々のお目に触れることを願うものです。

宮帯出版社編集部

目次

武田家系図

- **信虎** 武田五郎　初信直　道因　無人斎道有　従五位下　陸奥守　左京大夫　甲斐守護
  - **信玄** 武田太郎　晴信　徳栄軒　法性院　従四位下　左京大夫　大膳大夫　信濃守　甲斐・信濃守護　僧正　母大井氏
    - **義信** 武田太郎　母三条氏
    - **信親** 海野二郎　竜芳　聖導　母三条氏
      - **道快** 信道　顕了　長延寺住持
    - **勝頼** 諏方四郎　大膳大夫　母諏方氏
      - **信勝** 武王　太郎　母遠山氏
    - **信盛** 盛信　仁科五郎　母油川氏
    - **信貞** 葛山十郎　母油川氏
  - **信繁** 次郎　左馬助　典厩　母大井氏
    - **信豊** 六郎次郎　左馬助　左典厩　相模守
  - **信廉** 孫六　刑部少輔　逍遥軒信綱　母大井氏　天正十年斬首
    - **信澄** 平太郎
    - **麟岳** 大龍寺住持
  - **信龍** 一条　右衛門大夫
    - **信就** 上野介
- **信友** 勝沼次郎五郎

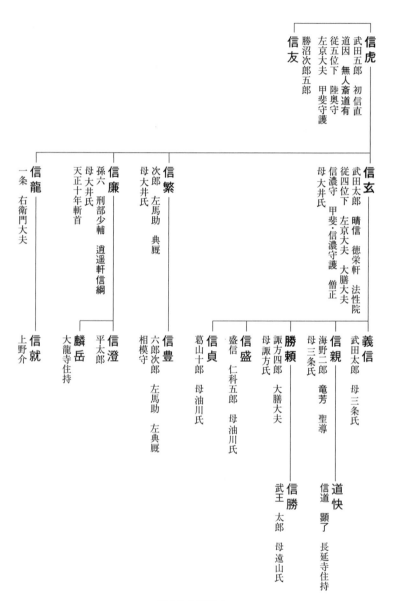

映画シナリオ

武田氏滅亡

○田野・勝頼の陣所・庭
テロップ「天正十年三月十日深夜、武田家滅亡前日」

武田勝頼、太郎信勝、佳津《かづ》夫人、土屋昌恒、跡部勝資ら家臣や侍女たちが一同に集まっている。上座の床机に、勝頼・信勝父子・佳津夫人。前に家臣らが居並ぶ。最後の酒宴だ、存分に飲もうぞ、と勝頼が声をかける。

信勝が思いきって問う。父上、これまで私は何も問いかけはいたしませなんだが、どうしてこのような仕儀になってしまったのでしょうか。

勝頼が静かにいう。すべては、武田家を継ぐはずではなかったこのわしが、家を父から引き継ぐことになったことから始まったのじゃ、と。

○山間に、ひしめくように武田軍が駐留している風景
テロップ「天正元年四月十二日」

○寺院・広間・武田信玄の病室
床に臥《ふ》す武田信玄。枕頭《ちんとう》に勝頼、重臣らが居並ぶ。信玄が、信長を屠《ほおむ》れず残念だと呟く。勝頼を呼び、遺言を述べる。

○地図・関東から近畿

ナレーション(以下、N)「武田信玄は、北条氏政と同盟を結び、越前朝倉義景・近江浅井長政・大坂本願寺や各地の一向一揆と連携し、織田信長・徳川家康を打倒するための兵を起こした。当時、信玄は信長と同盟中であったにもかかわらず、それを一方的に破棄してのことであった」

○岐阜城・大広間

織田信長が、使者からの報告を聞き、血相を変えて立ち上がる。

信長「信玄が裏切っただと？ つい先ほど、上杉攻めを中止したことに感謝する書状を送ったばかりだぞ。おのれ信玄、たばかりおったな。いかに戦国乱世とはいえ、侍の義理を知らぬヤツだ。織田は、未来永劫、二度と武田とは手を結ばぬ。必ず滅ぼしてくれる！」

N「信玄が信長を裏切り、織田・徳川と開戦したことを知った上杉謙信は、武田滅亡の兆候だと言ったと伝わる」

タイトル「武田氏滅亡」

○田野・勝頼の陣所・庭

勝頼が盃を傾けながら語る。信勝や居並ぶ家臣らの前で、静かに独白。家中の宿老《おとな》らは、わしを諏方者《すわもの》と陰で呼んでおったわ。わしが知らぬとでも思うたか。わしは法性院様《ほっしょういんさま》のせがれでありながら、武田の男子とはみなされてはおらなんだ。それも道理じゃ。わしも生涯を高遠城で、諏方《すわ》四郎神《みわ》勝頼として過ごし、兄太郎義信様をお支えするのが当然だと思うておった。だが、兄義信様は父信玄公と対立し、廃嫡され、やがて亡くなられた。次兄竜芳《りゅうほう》様は、お目が不自由。武田の屋形はつとまらなんだ。そこでわしが、父上から甲府に呼び戻され、家督を継ぐこととなった。

○地図・中部・東海地方

N「武田信玄死去の噂は、たちまち各地に広まった。徳川家康は、武田の様子を窺うべく遠江、駿河の各地に出兵。信玄に奪われた領土の一部を奪回した。そして、武田方の動きの鈍さから、信玄の死を確信する」

（地図では、信玄最晩年の武田の領土が三河・遠江で大きく縮小し、東美濃の岩村を織田の勢力が包囲し始めていることを示す）

○田野・勝頼の陣所・庭

勝頼の独白、続く。同盟国の浅井長政・朝倉義景が滅ぼされ、東美濃の岩村、奥三河・遠江・駿河などで織田・徳川の反抗が続いた。わしは、味方を合力するために出陣するしかなかった。あらたな領土を攻め取るのではない。攻められている味方に合力するための出陣だ。いま、助けねば武田の面目にかかわる。すでに、浅井・朝倉は滅ぼされた。これ以上、手をこまねいていると、武田は頼みにならぬと思われかねなかったからじゃ。

○地図・中部・東海地方

（地図に、軍装の武田勝頼がフラッシュで重なる）

テロップ「天正二年」

Ｎ「武田勝頼は、父信玄の死の翌年、東美濃、続いて遠江国高天神に出陣。織田・徳川方に打撃を与え、領国を拡大させた。このため、武田軍将兵の間で、新屋形勝頼の評判は高まった。いっぽう、信玄以来の重臣たちは、勝頼の積極路線に危うさを感じていた」

×　×　×

（フラッシュ）

さえない表情で話し合いを行う重臣たち

×　×　×

○田野・勝頼の陣所・庭

勝頼の独白。わしは、法性院様の跡継ぎに相応しい御屋形となることだけを考えておった。いま思えば、無理を重ねてしもうた。そして、あの戦さがはじまった。

○躑躅ケ崎屋形・大広間

テロップ「天正三年三月」

上座に武田勝頼。重臣たちが居並ぶ。報告をする使者、書状を提出。跡部が受け取り、勝頼に披露。勝頼、これを読み、驚く。重臣らに回覧させている。

N「徳川家康の本拠地、三河国岡崎より勝頼の元へ重要な報告が寄せられた。徳川家臣大岡弥四郎・松平新右衛門ら岡崎町奉行を始めとする岡崎衆の一部が、武田方の調略に応じ、岡崎城を明け渡すと申し出たのである」

勝頼、立ち上がり、絶好の機会じゃ、ただちに出陣せよ、岡崎を取り、家康を倒すと下知。

×　　×　　×

（フラッシュ）

行軍する武田軍

×　　×　　×

○地図・三河

（地図に、軍装の武田勝頼がフラッシュで重なる）

N「武田軍の先鋒隊は、足助《あすけ》城を攻略、周囲の城は戦わずして落ちた。先鋒隊は岡崎をめざした。だが、大岡らの謀叛は発覚、岡崎攻略は失敗に終わった。勝頼は、先鋒隊と合流すると、三河吉田城を攻め徳川領の分断を図るが実現せず、攻撃目標を長篠城に変更した」

○医王寺・勝頼本陣

床机に座った上座の武田勝頼。矢板の戦時机に、地図が拡げられている。重臣らが居並び、談合している。そこへ使者が来る。

使者「設楽ケ原に織田信長・徳川家康の軍勢、姿を現しました。その総勢、およそ四万」

一同、色めき立つ。遂に来たか、我が軍の倍以上だ、などの声。勝頼に注目が集まる。勝頼、目を閉じ、沈思。そして目を開け、わが軍勢を設楽ケ原に押し出させよと下知。

○地図・長篠城と決戦場

テロップ「天正三年五月二十一日」

N「勝頼は、長篠城包囲に三〇〇〇人ほどを残留させ、総勢一万二〇〇〇人を率いて設楽ケ原に進出。そして決戦に踏み切る」

×　×　×

（フラッシュ）

長篠合戦図屏風

×　×　×

（勝頼の声を重ねる）わしは、信長と家康が目の前に揃ってやってきた機会をどうしても逃したくはなかった。宿老たちは、決戦に反対した。わしも大いに迷った。だがもしこの合戦に勝利したら、世の流れは武田に傾く。いや、それよりもわしのことを諏方者と蔑むものはいなくなるであろう、その欲心がわしの目を曇らせてしまった。あの負け戦、すべての責めはこのわしにある。

○地図・中部・東海地方

N「長篠での勝利後、織田・徳川軍は失地回復に乗り出し、武田から領土を奪回した。しかし勝頼は、その年のうちに二万の軍勢を再編成し、領国失陥を懸命に押しとどめた。さらに、上杉謙信との和睦に成功し、北からの脅威を取り除いたのである」

○田野・勝頼の陣所・庭

勝頼の独白。長篠の二年後、小田原の北条氏政と盟約を固めることにも成功した。傍らに控える佳津をみて、そなたを娶ったのもその時であったな。佳津はほほえみ、頷く。不識庵《ふしきあん》(上杉謙信)は、その後織田と手切れとなり、北陸で上杉と織田のいくさがはじまった。北条家とも盟約が強まり、武田はふたたび織田・徳川と戦える備えが整ったと思うた。だが、あの出来事がすべてを変えた。勝頼は目を閉じる。

○越後国春日山城・全景

テロップ「天正六年三月十三日」

N「この日、上杉謙信が急死した。関東出兵の陣触れを命じた直後のことである。謙信には実子がなく、養子の景勝と景虎が家督をめぐってまもなく争いを始めた。越後の国衆は、両陣営に分裂。世に「御館《おたて》の乱」として知られる深刻な内戦が始まったのである」

○行軍する武田軍

N「武田勝頼は、北条氏政の要請を受け、氏政の弟上杉景虎を支援すべく越後に向けて出陣した」

○海津城・大広間

武田信豊が勝頼を出迎える。そして、何事かを耳打ち。勝頼、驚く。重臣春日虎綱の姿が見えない。病気だと聞いていたので、見舞うこととする。

○海津城・春日虎綱の居室

病床に臥す春日虎綱。衰弱している。勝頼と信豊が入室。虎綱、起きあがろうとするが、勝頼、これを制す。

虎綱が、勝頼に越後からのこと、お聞きになりましたかと問う。勝頼、頷く。虎綱、枕元の書状を勝頼に渡す。

越後上杉景勝からの書状。

×　　×　　×

（フラッシュ）

春日山城・上杉景勝の居室。景勝、文机に向かい書状を認めている。背後には、直江兼続が控える

×　×　×

N「上杉景勝は、越後国境に迫る武田勝頼に和睦と同盟を持ちかけたのだった。これは、武田方にとっては意外なことであり、勝頼はどう対処すべきか思案していたのだ」

虎綱は、勝頼にこの申し出を受諾すべきと説く。勝頼、それでは北条を欺《あざむ》くことになると難色。信豊は虎綱に賛同。信豊は、実は自分も最初は反対だったが、虎綱の意見を聞くうちにそれはもっともと思い直したと話す。虎綱、武田家は北条家と盟約を結んでおり、それは同時に上杉景虎に対しても同様である。いっぽう、景勝は謙信の後を継いだと公言していることから、武田家が去る天正三年に上杉と結んだ和睦は今も有効。このことについて、北条家も異儀はありますまい。ならば、御屋形様は景勝と盟約を結んだうえで、双方に味方せず、その和睦を仲介する中人《ちゅうにん》となるのです。いま、上杉家は織田や葦名と戦っているさなか。内輪もめをして、上杉の力が落ちれば、それは敵に利するようなもの。武田家の威光をもって、景勝・景虎の和睦と、上杉家の家政の刷新の後押しを実現したうえで、景勝と北条氏政との和睦・盟約に漕ぎ着ければ、武田・上杉・北条三家の盟約が出来上がりまする。さすれば、これで織田・徳川に立ち向かえる用意が調うというもの。三家の盟約は、これまで何度も気運がありましたが、立ち消えになっておりました。今度こそ、実現する最後の機会。亡き先代様が、今川義元と北条氏康の和睦、盟約を仲介し、三家の盟約を成就させたことを、今度は御屋形様がなされるのです。これは、弾正の遺言と思って下さ

れ。

N「春日虎綱は、この数日後の天正六年六月十四日死去した」

○海津城・大広間

武田勝頼、信豊、跡部、長坂ら重臣層が居並ぶ。勝頼、全員に上杉景勝からの和睦、盟約の申し出を受諾すると宣言。重臣層も、春日虎綱最後の献策に賛同しており、上杉との和睦、盟約が成就すれば、北からの脅威がなくなり、織田・徳川に総力を挙げて当たれると口々に賛意を示す。

○信越国境の原野・武田軍の陣所

上杉景勝からの使者と、それに従う大量の小荷駄が、武田軍の陣所に向かってくる。雑兵たちが、あの大量の荷物は何だと噂する。上杉景勝が和睦を申し出てきたらしいぞ。まさか受け入れるのか？　春日山城はお味方の景虎勢に包囲され明日をも知れぬありさまというではないか。いまこそ、景勝を容易く攻めつぶせるはずなのに。雑兵たちはひそひそと言い合う。

○信越国境の原野・勝頼の本陣

上杉景勝の使者が、折紙を開き、進物の内容を披露している。

N「景勝は和睦受諾の礼銭として、砂金五〇〇〇両が贈られた。また武田一門や重臣にも、太刀や多額の銅銭が贈られた。これは、重臣跡部勝資が代表して受け取った」

贈答品を受け取る跡部勝資。武田信豊、長坂釣閑斎らも、太刀や銭を受け取っている。

N「大名が和睦や同盟を結ぶ際に、申し出た方が礼銭を支払うのは、戦国のならわしであった。だが、景勝が武田家に差し出した砂金や贈答品の量は、常識を遙かに超えていた」

○信越国境の原野・武田軍の陣所

武田軍の雑兵たちが噂をしている。当家が、上杉景勝と和睦、盟約を結んだそうじゃ。景勝を攻め滅ぼすまたとない機会なのに、なぜ北条家との約束を守らず、景勝と手を結ぶのかわからぬ。何でも、目もくらむほどの黄金や、山ほどの贈り物を宿老たちは受け取ったらしいぞ。跡部勝資の差し金だと、もっぱらの評判じゃ。など、不可解な景勝との和睦、同盟成立に、雑兵たちは跡部勝資が、黄金に目がくらんで、勝頼に景勝と手を結ぶよう仕向けたとの噂がまことしやかに流れ、やがてそれが真実と受け取られていった。

○田野・勝頼の陣所・庭

勝頼の独白。景勝と景虎の和睦は、一時成就したが、すぐに破れてしまった。わしは何とか成就させたかったが、遠江で家康が動き出したため、仲裁を断念せざるをえなんだ。その結果、景虎は敗れ、天正七年三月に滅び去った。このことが、当家と北条家との仲を引き裂く結果となってしまった。

〈佳津と里乃《りの》〈佳津の上臈〉が寂しそうに聞いている〉

北条氏政は、信長・家康と結び、当家と弓矢を交えることとなった。わしは、佐竹らと手を結び、北条領に攻め込み、大きく領国を拡げる成果を得た。

○武田領国の地図
武田の領土は、越後に伸び、さらに上野国のほぼ全域へと広がる。
N「武田勝頼の領国は、越後に食い込み、さらに上野国のほぼ全域へと拡大した。天正八年末、武田家は信玄時代を超える最大の版図を誇るに至った」

○田野・勝頼の陣所・庭
勝頼の独白。北条家とのいくさを有利に進めてはいたが、家康と手を結んだ氏政は、ともに手を携え、遠江と駿河を挟み撃ちにし始めた。わしは、沼津に城を築いて対処したが、北条に足を取られ、遠江の高天神城に手がまわらなくなってしもうた。高天神城は、三年に及ぶ籠城に耐えてくれていた。わしは、なんとしても城を救いたかった。だが、氏政に背後を取られ、われらは高天神城に向かうことができなんだ。そこで窮余の一策に出た。

○躑躅ケ崎館・大広間
テロップ「天正八年春」
武田勝頼が上座。一門衆・重臣らが居並ぶ。真ん中に織田源三郎信房（二十歳）が控える。

N「勝頼は、長く織田家の人質として甲府に住まわせていた信長の四男・織田源三郎信房を送り返し、信長との和睦交渉の切り札にすることとした」

勝頼が信房に語りかける。当家は、織田家との和睦に乗り出すこととした。常陸の佐竹義重殿の仲介。佐竹殿の意見を容れ、まずそなたを織田家に帰すことで、和睦の道筋を確かなものにしたい。そなたも、美濃に帰ったら、ぜひ織田と武田の和睦に口添えをしてもらいたい、と述べる。

織田信房、長年の好誼に感謝し、必ず父信長を説き伏せると誓う。

○安土城・信長の居室

信長、書状を読んで呵々大笑。武田もいよいよ傾いてきたか。あと一息じゃな。

N「武田家は、織田家と和睦し、さらに徳川家とも和睦することで矛を収め、徳川軍の重囲下にあった高天神城の将兵たちを救おうとしたのである。そして、武田の主敵を北条氏政に絞り、家運の挽回を図ったのであった」

×　×　×

（フラッシュ）

父信長の前で、懸命に武田との和睦を願い出る織田信房。信長、けんもほろろに扱い、席を立ってしまう。信房、暗澹たる表情になる。

×　×　×

N「だが信長は、家康に高天神城攻略の続行を要請しつつ、時間を稼ぐために、武田家との和睦が実現に向かっているとの情報を流した」

×　×　×

（フラッシュ）

書状を見て、明るい表情の武田勝頼。跡部勝資、長坂釣閑斎らも満足そうにしている。織田との和睦成就が近いとの見通しに、家中は明るい。

×　×　×

○武田軍将兵の死屍累々の光景

テロップ「天正九年三月二十二日」

N「信長の謀略に躍らされ、和睦交渉は順調との感触を得ていた武田家中は、高天神城への援軍派遣を延期していた。だがその間、援軍も来ず、兵糧も尽きた高天神城は、追い詰められ、ついに総勢が討って出て落城した」
×　×　×
（フラッシュ）
無数に転がる武田兵の骸。落城の無惨さを伝える。

○安土城・大広間

上座で、織田信長が徳川家康からの使者を引見。書状を読み、高天神城落城を知る。大いに喜ぶ。

信長が嬉しそうにいう。勝頼は、高天神城を見殺しにしたも同然。籠城し、救いを待っていた味方を見捨てたと誰しもが思うであろう。これが狙いだったのだ。もはや、勝頼を頼り、武田家の味方で乱世を生き残ろうとする国衆はいなくなる。あとは、誰ぞが当家に寝返ってくれれば、武田は立ち腐れ、倒れるであろうよ。これで、武田との談判も取りやめじゃ。もはや擬態の必要はない。ただちに武田攻めの支度を整えよ。兵糧、武具をありったけ集めよ。境目に城を築け。武田方に、寝返りの調略を仕掛けよ。と矢継ぎ早に指示を出す。

○田野・勝頼の陣所・庭

勝頼の独白。わしは甘かった。信長に躍らされ、高天神城の味方を見殺しにしてしまった。織田・徳川の攻勢が強まることに備えて、わしは総力を注いで新府城を築いた。塀や櫓も未完成ではあったが、殿舎が仕上がったところで、甲府から新府城に移り、新たな甲斐の防壁ができたことを知らしめたかった。さすれば、家中や領民も安堵し、気を引き締めて敵に当たってくれるだろうと考えたからじゃ。

だからこそ、わずか三月ほど前の、十二月二十四日に新府に入城したのだ。つい先頃、新府城で初めての正月を迎えたばかりであったのに……

○新府城大手門・外観・正月飾り
テロップ「天正十年元旦」
正装した武士が、従者とともにひっきりなしに門内に入っていく。

○新府城・大広間
多くの家臣が会話をしながら居並ぶ。武田勝頼・同夫人・信勝が登場するのを待っている。床の間には、御旗・楯無の鎧が飾られている。

勝頼が、佳津・信勝とともに上座に登場。正月儀礼が始まる。

○新府城・大広間・宴席
場面代わって、酒宴が開かれる。だが、ひそひそと噂話。昨年三月、高天神城を見殺しにしてしまったことへの不満。織田が武田攻めの用意に余念がないとの噂。新府城に強引に移転したことや、築城の費えの負担が重く、ただでさえ過重な軍役とともに不評。

だが、勝頼ら首脳陣はそれに気づかない。

○新府城・勝頼の居室
夫婦そろって水入らずの正月。信勝も傍らに控え、父や義母と雑談。新府城移転後初めての正月を喜ぶ。ただ、城下町が未完成なので、例年のような町のにぎわいが聞こえない寂しさを感じる。

○福島城・大広間

テロップ「天正十年一月二十五日」

木曾義昌と重臣らが密談。義昌、織田信長からの書状を手にしている。勝頼を見限り、織田に寝返ることを決断。重臣たちに伝える。重臣たちも連年にわたる織田の圧力に疲弊しきっており、それもやむなしと賛同。しかし、重臣千村《ちむら》一族の千村備前守だけが反対。彼は逼塞を命じられる。義昌、実弟上松蔵人《あげまつくろうど》を美濃の苗木城に人質として送ることを宣言。蔵人は、その日のうちに、美濃に行く。

○木曾山中

後ろを気にしながら、必死に諏方を目指す千村備前守。諏方まで逃れれば、義昌からの追っ手から逃れられるはず。新府城の武田勝頼に、主君木曾義昌変心を報告に行こうと必死。突然目の前に同僚数人が現れ、行く手を阻む。斬り合いが始まる。

○山道

馬に乗り疾駆する傷だらけの千村備前守。介添えの騎馬武者二騎が伴走。

○新府城・大手門
テロップ「天正十年一月二十七日」
傷だらけの千村が、勝頼側近土屋右衛門尉《えもんのじょう》昌恒への取次を依頼。諏方郡代今福筑前守昌和が証人として口添え。城内に招じ入れられる。
○新府城・一室
土屋昌恒が、千村と今福と面談。木曾義昌謀叛の第一報を聞き、顔色を変える。すぐに勝頼に報告へ。
○新府城・勝頼の居室
慌ただしく土屋が入室を求める。勝頼、昌恒と会談。義昌謀叛に驚愕。ただちに一門、重臣の召集を命じる。
○新府城・大広間
一同驚愕、だが慎重論も。義昌への詰問の上使を派遣し、真意を糺すこととする。いっぽうで、勝頼は万一に備え、陣触れを命じる。

○新府城・佳津姫の居室
城内の慌ただしい動きに不安気。木曾謀叛と聞いて驚愕。義昌の人質とは知己であり、彼らの運命に暗澹《あんたん》たる気持ちになる。夫勝頼の心中を察し、押しつぶされそうな佳津姫。

○伊那の風景・駒ヶ岳・道
馬に乗った武者が疾駆する。

○伊那・片切城
櫓にある太鼓が乱打される。

○片切郷・宮下帯刀の家（茅葺きの農家）
家の外で、犬の早太郎《はやたろう》が盛んに吼《ほ》える。宮下帯刀《たてわき》、息子四郎左衛門、女房みつ、女児よしが太鼓の音を聞きつけて戸外に出てくる。宮下帯刀は陣触れだと気づき、急ぎ馬に乗って城へ向かう。

○片切城・大広間
片切昌為《まさため》の前に、宮下帯刀・新居《あらい》松之助・上沼右近ら「片切十騎」の面々が参集。出陣の下知が下ったこと、片切ら「春近五人衆」の軍勢は、伊那大島城ではなく、信濃・美濃国境を守る下条信氏・信正父子の加勢に行くことを告げられる。織田軍との遭遇戦は決定的となり、一同に緊張が走る。

○片切郷・宮下帯刀の家（茅葺きの農家）

宮下帯刀が息子四郎左衛門とともに出陣の支度をする。これまで武田は、外に出て戦ってきた。なのに今回は、領国を守る戦いとなると知り、厳しい戦いになる予感に、妻みつは泣き崩れる。帯刀、妻みつにいざというときは、かねてよりの手筈どおり、娘よしを連れて、片切の人々とともに山小屋へ籠もり避難するように指示。愛犬早太郎に、二人のことを頼むぞと言いながら出陣する。

○福島城・大広間

勝頼の上使実了《じつりょう》師慶《しけい》を迎えた木曾義昌。大いに歓待。実了は謀叛を詰問するが、事実無根であり、千村は失態をしでかし、上意討ちしようとしたところを逃亡したと陳弁。人質にしたという弟上松蔵人と引き合わせ、謀叛の不安を打ち消させる（蔵人は替え玉、実了は面識がなかった）。

○福島城・義昌の居室

義昌が、重臣数人と密談。勝頼がまもなく諏方に出陣してくる。このままでは攻め潰されてしまう。織田に援軍を要請するよう指示。

○安土城・大広間
テロップ「天正十年二月三日」
信長のもとに、岐阜の織田信忠から使者。引見。木曾義昌への調略成功と援軍要請、勝頼の諏方出陣の報告。信長は、信忠・徳川家康・越前の金森長近・北条氏政に出陣を命じる。信長は、息子信忠がすでに出陣の準備を整えつつあり、いつでも信濃へ侵攻できるとの報告に満足。

○岐阜城・大手門
織田信忠、側近らをひきつれて出てくる。門外に参集していた先陣森長可・河尻秀隆・織田源三郎信房に出陣の下知。

Nで、織田信忠軍の進路が説明される。美濃・信濃国境の地図が背景に映される。矢印の進路の投影。

○小田原城・全景
テロップ「天正十年二月五日」

○小田原城・北条氏政の居室
北条氏政が、織田信長からの書状を読み驚愕《きょうがく》。重臣板部岡江雪斎が不安そうにしている。木曾義昌が勝頼から離叛したこと、織田・徳川軍が武田領侵攻を開始するので、協力して欲しいことが書かれていた。だが詳細は不明。武田方による情報遮断がなされているので、まったく様子がわからない。

○信濃国の地図

Nで、武田軍の城と配置図。その説明。織田軍の進軍路。

○伊那・滝之沢城・大広間

下条伊豆守信氏・兵庫助信正父子、片切昌為・飯嶋民部少輔らが軍議。美濃・信濃国境は「三日路の大切所」なので、ここで食い止めることで一決。

○伊那・滝之沢城・外曲輪

宮下帯刀・四郎左衛門父子・新居松之助・上沼右近、その他の兵たちが配置に就きながら雑談。周囲の人々は、武田劣勢、織田は十万の大軍などと噂しあい、動揺していることがありありとわかる。

○伊那・滝之沢城・別の曲輪

下条一門の下条九兵衛尉氏長、下条重臣熊谷玄蕃・原民部の三人。額を寄せ合い密談。彼らの手元には、織田信忠からの内応の誘いを記した書状。下条信氏父子を説得し、織田に付くよう進言することで一致。
N「下条氏長、原、熊谷らは、親類縁者を中心に、織田に付く者たちを集め始めた。するとたちまち、数百人が同心したという」

○伊那・滝之沢城・大広間
テロップ「天正十年二月六日」
下条父子、片切昌為・飯嶋民部少輔らが軍議を凝らしている。そこへ、宮下帯刀・四郎左衛門父子が走り込んできて、陣中が不穏だと伝える。すると、下条の側近が氏長ら謀叛の兆しありと告げる。下条父子は、敵に殺されるならまだしも、味方に血祭りにあげられるのは口惜しいとして、片切らとともに陣中から脱出。飯田城に行くことにするが、いつのまにか下条父子と、片切主従・飯嶋とは離ればなれに。
N「下条父子は武田勝頼のもとへは行かず、三河に逃れ、後に謎の死を遂げたという」

○伊那・滝之沢城・大手門前
下条氏長、原民部、熊谷玄蕃を先頭に、下条衆が居並ぶ。織田家臣河尻秀隆が軍勢を率いてやってくる。氏長ら、口上の述べ、城を明け渡す。河尻は満足そうに頷き、城に入る。
N「『三日路の大切所』といわれた信濃・美濃国境の難関はあっけなく突破された」

○諏方上原城・大広間・勝頼本陣
勝頼が上座の床几に腰掛け、傍らには信勝もいる。重臣たちが居並び、伊那からの戦局を聞いている。下条氏が離叛したこと、信氏・信正父子が追放され行方知れずであること、木曾義昌が領内に動員をかけ、軍勢の召集を終えたらしいことなどが報じられる。家臣らは動揺するが、勝頼は瞑目して動じない。勝頼、目の前に拡げられた大地図を鞭で指し示しながら、指示を出す。松尾城の小笠原信嶺に加勢を出すよう大島城に命じよ。もし防ぎきれなくなったら、大島城に退くように伝えよ。大島城で敵を防ぐ。後は追って下知する。百足衆《むかで》が数人出発。一同、落ち着いている勝頼を、さすがという面持ちで見る。

○岐阜城・大手門前
テロップ「天正十年二月十二日」
織田信忠が軍装を整え、旗本を従えて出てくる。城外には整列した軍勢。信忠、騎乗し采配を振るって出陣の下知。信忠の脇には、信長から付けられた滝川一益。

○浜松城・大広間
徳川重臣らが居並び、重大な報告を抱えてやってきた酒井忠次が控えている。徳川家康が出座。忠次、織田信長から信濃の情勢が急変したので、駿河に出陣するよう要請する書状が届いたと報告。家康、信長書状を見ながら、ただちに境目の城普請を中止させ、全軍を十六日に浜松に召集するよう下知。家臣らは一斉に散っていく。

○信濃の地図

テロップ「天正十年二月十四日」

N「信忠が十四日に岩村城の到着。これを受けて、妻籠口《つまご》で待機していた森長可《ながよし》・織田源三郎信房の軍勢が清内路《せいないじ》を進み、木曽峠を経て梨野木峠《なしのきとうげ》に進出。山本に在陣する小笠原信嶺を攻める準備を整えた」

○山本・小笠原信嶺の陣所

小笠原信嶺は、下条が追放され、その家中が織田に寝返ったことを知り動揺していた。自分の正室は、武田逍遙軒の息女であり、武田氏には大恩があった。だが、山本で織田軍を迎え撃とうとしているのに、舅の逍遙軒は援軍に来ない。何度も大島城に援軍派遣を要請しているのに、来る気配すらない。諏方の勝頼のもとにも援軍要請をしたが、大島城から派遣すると言ってきただけだ。自分も高天神城の二の舞になると感じた信嶺。織田軍に降伏の使者を派遣し、狼煙をあげて降参の意志を示した。

N「小笠原の離叛を知った下伊那の武士たちは、続々と織田陣営に寝返った」

○飯田城・大広間

城主坂西織部亮《ばんざいおりべのすけ》、援軍保科正直、小幡因幡守、波多野源左衛門尉が協議している。保科、小幡が坂西に本曲輪を明け渡し、指揮下に入るよう求めている。だが坂西はこれを受け入れない。城主なのだから、指揮権は自分にあり、援軍が命令を受けて動くよう求める。険悪な雰囲気。そこへ、小笠原謀叛の知らせ。城内は動揺。

○飯田城下町

織田軍、小笠原・下条軍が乱入。あちこちに放火してまわる。炎に包まれる城下町。

○飯田城・外曲輪

城兵たちは、旗印をみて、下条と小笠原も一緒に攻めてくることを確認。大混乱に。春近衆《はるちかしゅう》の片切昌為、宮下帯刀は周囲に落ち着くように呼びかけ、配置を離れないように指示するが、混乱は収まらず。

○夜・飯田城下町

やがて日が落ち、夜になっても延々と類焼を続ける城下町。

○浅間山噴火の映像

Ｎ「織田軍の下伊那侵入で動揺する武田方に衝撃を与える出来事が起こる。浅間山が、天文三年以来、実に四十八年ぶりに大噴火を起こしたのだ。当時の東国社会では、浅間山が大噴火すると、政変が起こると信じられていた。天を真っ赤に染め、周囲は昼間のような明るさとなった。天が真っ赤に染まる現象は、遠く京都や奈良でも確認され、人々は恐れおののいた」

○飯田城・外曲輪

真っ赤に染まった空を見上げ、雑兵たちが恐れおののく。周囲は昼間のような明るさ。もう武田はダメだ。天にも見放された、と口々に叫ぶ。皆、城を逃げ出す。片切・飯嶋や宮下らは、彼らを引き留めようとするが、突き飛ばされる。刀を抜き、逃げる者は切ると脅す。一時、流れが止まるが、奥から城主坂西、援軍保科、小幡らが馬に乗って城から出て行くのに出くわす。彼らは無言で城を出て行く。雑兵たちは、城主も援軍の大将も逃げたぞと叫び、城を捨てていく。もはや片切、宮下にはどうにもならない。相談して、大島城に落ち延びることとする。

○諏方上原城・大広間・勝頼本陣

勝頼、重臣層が居並ぶなか、百足衆が走り込んでくる。飯田城が自落したこと、織田軍が飯田城を接収し、松岡城をも占領したことなどを報告。その侵攻速度に動揺が走る。勝頼は表情を変えず、地図を見ながら作戦を練る。織田軍を伊那谷に閉じこめ、信長出馬前に信忠を撃滅すると宣言。そのためには、大島城に敵を引き付け、その間に武田軍は鳥居峠を突破して木曾谷に侵攻。義昌を滅ぼし、木曾を制圧。そのまま妻籠口に進出し、織田信忠軍と美濃との補給、連絡を遮断。その後に信忠軍を挟撃することを提示。鳥居峠制圧のため、諏方の武田軍を鳥居峠正面に進め攻め上がらせる。木曾を牽制、挟み撃ちするために、深志城の馬場美濃守に命じて、稲核《いねこき》口から木曾谷に侵攻するよう指示を出す。軍議の席がにわかに明るくなる。

勝頼、諏方郡代今福筑前守昌和を召し寄せ、諏方の武士と勝頼旗本を率いて鳥居峠を制圧するよう命じる。百足衆に馬場へ稲核口から木曾へ攻め寄せるよう伝達させる。百足衆を召し寄せ、大島城に行くよう指示。彼に高遠城の仁科信盛に大島城の武田逍遙軒、日向玄徳斎らの後詰めのために出陣させるので、討って出る用意を整えておくよう伝達させる。浅間山の噴火は、織田を討ち取れという天啓だと勝頼は一同に申し聞かせる。これこそ、諏方大明神のご加護だと。勝頼自身は、鳥居峠を落とし次第、木曾に出陣すると宣言。武田軍動き出す。

○信濃の地図

テロップ「天正十年二月十六日」

Ｎ「武田方は、深志城の馬場美濃守が筑摩・安曇郡の武士からなる軍勢一〇〇〇人を稲核口に派遣し、自身も後詰めとして出陣した。いっぽう、諏方郡代今福筑前守を大将とする三〇〇〇人は、二月十五日夜半までには奈良井に進み、軍勢を整え、十六日明け方を期して鳥居峠への進撃を開始した」

N「ところがここで誤算がおこる。馬場美濃守が派遣した先陣一〇〇〇人が何と木曾義昌に呼応し、武田方から離叛したのである。反乱軍は、木曾の入口にあたる大野田の砦に籠城したばかりか、周辺の村々を動員して深志城を攻める構えを見せた。このため、今福筑前守らの武田軍は、援護のないまま真正面から鳥居峠の難所への攻撃を余儀なくされた」

○鳥居峠に続く山道・雪道

武田軍の兵士たちが山道を進む。まだ雪が積もっており、足下が悪い。行軍に難渋している。こんな状況で合戦をしなければならないことへの不安を、兵士たちは言い合っている。物頭が無駄口をきくなと怒鳴る。まもなく、先頭の方から銃声が聞こえる。兵士たちは、いよいよ始まったか、と緊張の面持ち。

○鳥居峠頂上・木曾、織田連合軍陣所

柵を構え、木曾の旗印が立ち並ぶ。柵内には、鉄砲隊と弓隊が控える。柵外のあちこちに、少人数の伏兵が武田軍を待ちかまえている。武田軍の先頭が姿を現すと、柵の外に出てきた鉄砲隊が一斉に銃撃。もんどりうって倒れ込んだり、谷底へ落ちる武田方の兵士。先頭の武田の兵士たちは、敵が待ち伏せしていると後方に伝える。

後方の武田方の物頭は、道なき斜面を兵士らとともにはい上がり、敵の後方から攻撃する方法を探る。

木曾義昌は配下に、ここを突破されたら自分たちは破滅だと叱咤する。そこに、織田長益が現れ、義昌を落ち着かせる。数は少ないが、鉄炮を多数従え、玉薬も十分なわれらがいるから大丈夫だと。自分たちは、少し下がって待機するから、頃合いを見計らって参戦すると言い残す。

峠のあちこちで死闘が展開される。武田軍がじりじりと柵に接近する。木曾軍だけのようだ。武田軍は木曾軍を追い散らしながら、柵に取りつく。そこへ、織田長益軍が旗をひらめかせながら現れ、驚く武田軍に鉄炮と弓の釣瓶打ちを浴びせかける。バタバタ倒れる武田方の兵士たち。遂に、夕刻近くになって、武田軍は鳥居峠の山道を追い落とされた。多数の戦死者の骸が雪道のあちこちに横たわる。

○伊那大島城・大広間・廊下

上座に武田逍遙軒信綱がおり、日向玄徳斎・安中七郎三郎・小原丹後守継忠が控える。逍遙軒、勝頼からの書状を読み、これを日向に渡しながら、御屋形様はまもなく諏方を出陣され、木曾を押さえ、そのまま清内路峠に回り込んで、織田の背後を断つそうじゃ。また大島城の後詰めには、高遠衆が参るらしい。仁科殿の旗先を確認したら、ただちに城から討って出て、織田軍や裏切り者どもに襲いかかり、これをなで切りにしてやる。逍遙軒は、老人で体調がすぐれないが生気を取り戻したようだ。飯田城から逃れ出て、大島城に籠城することを申し出た片切昌為、飯嶋民部少輔、宮下父子、新居松之助・上沼右近らの春近衆は二の曲輪に配置され、綿密な談合を行っている。兵糧も、玉薬も十分備蓄され、一〇〇〇人が在城するこの要衝で、織田軍を迎え撃とうと皆で言い合う。だが、外曲輪に避難してきていた百姓たちとは温度差がある。百姓らは、浅間山の噴火は、織田信長の要請で、帝《みかど》が、京や奈良の社寺に命じて、武田家を調伏した結果起こったものだと頻りに噂をしている。諏方大明神よりも、京や奈良の神仏の力が強いらしいとの噂が、どこからともなく流れている。百姓らに交じって大島城の外曲輪に入り込んだ織田方の透波《すっぱ》による工作の成果。

○平原の道を疾駆する騎馬武者（百足衆）
テロップ「天正十年二月十七日」
大島城に向けて急ぐ、勝頼の使者。

○伊那大島城・大広間・廊下
武田逍遙軒が、百足衆から差し出された勝頼書状を読み動揺。鳥居峠の合戦は武田軍に利あらず、勝頼は塩尻峠を守るため砦を二ヶ所構築し諏方に撤退。深志城が事実上孤立してしまったこと、体勢を立て直すために、少し時間の猶予が欲しいこと、大島城はしばらく籠城の体勢をとり、織田軍の攻撃を凌いでいて欲しいこと、などが書かれている。

鳥居峠が敵の手に落ちれば、勝頼が大島城を援護するため諏方を空けることは困難。このままでは高天神城と同じく見捨てられるのではないかと疑心。日向は、何を臆することがあろうか。武田信玄が精魂込めて築いた大島城は難攻不落。ここで敵を凌ぎ、御屋形様の後詰めを待ち、反攻の機会を窺うのが得策と主張。だが、逍遙軒は動揺と不安を隠せず。

○伊那大島城・外曲輪

潜入していた織田の透波《すっぱ》数人が、あちこちで噂を流す。先ほど本曲輪《ほんぐるわ》に駆け込んできた百足衆は何を言いに来たのか？　鳥居峠の合戦で武田軍が木曾・織田の軍勢に大敗したらしい、勝頼は信濃を諦めて、甲斐に撤退したらしい、などの虚説が飛び交い、百姓らは動揺。やはり、浅間山の噴火は、武田を守る諏方大明神が神々の戦に敗れた証拠だと言い始めるものもいる。帝に逆賊とされた武田に、忠節を尽くせば神罰が下るのではないか、など不安の声続々。すると、外曲輪《そとぐるわ》の小屋から火災が発生。あちこちで火の手があがる。透波が放火したもの。外曲輪の百姓は大混乱に陥る。われ先に、城外に逃げ出す百姓たち。城兵たちはもみくちゃにされ、押しつぶされる。

○伊那大島城・大広間

敵が城内に侵入したとの怪情報が入る。城内に火の手があがる。逍遙軒は恐れをなし、諏方に撤退すると言い残し、出て行く。皆が押しとどめようとするが、ちょうどそこへ織田軍が下条・小笠原軍の先導により城に接近してきているとの報告が。日向・小原・安中らが外をみると、遙かに織田の軍勢が近づくのがみえる。小原らは動揺。日向は籠城の支度を家来に命じる。この混乱に乗じて、武田逍遙軒は、百姓らの流れを蹴散らしながら、馬で脱出。その家来たちも続く。城内では、武田逍遙軒が逃げたと大騒ぎ。武士たちは持ち場を捨てて逃げ始める。

片切昌為・飯嶋民部少輔、宮下父子、新居松之助・上沼右近らは呆然となる。皆を止めようとするが無駄。かくなる上は、高遠城の仁科信盛のもとへ行き、籠城戦をしようと話し合い、城を脱出。

N「かくて伊那の要塞大島城は、一戦することなく陥落した。織田信忠は、この要塞を難なく占領し、前線基地とした。そしてこの日、浜松城から徳川家康が、駿河に向けて出陣した」

フラッシュ

×　×　×

軍装を整え、馬に揺られて進む徳川家康

×　×　×

○高遠城・仁科信盛の居室

松姫と信盛の娘・小督がいる。信盛、織田がまもなく攻めてくること、その大将が松姫のかつての許嫁だった織田信忠であることを告げる。皮肉な運命だと、信盛がつぶやく。信盛、城を脱出するよう伝える。そして乳母に抱かれた乳呑児の娘小督（三歳）の養育を頼む。

信盛は、二人を警護する武者の人選を、頼みとする片切昌為に依頼。昌為は、宮下帯刀の子四郎左衛門を推薦。四郎左は拒否するが、信盛が頭を下げて頼むので渋々納得。松姫は小督姫を連れ、泣く泣く城を出て新府城に向かう。宮下四郎左衛門は後ろをふり返りながら遠ざかっていく。

○伊那谷の道・織田の騎馬二十騎ほどが進む
道の先に、百姓数人が土下座をして待っているのをみつける。背後の村の家が数軒燃え、煙を上げている。騎馬武者らが近づく。

百姓たちは、自らの家を焼き、織田のもとへ参じたのだ。乙名《おとな》百姓がたくさんの銭（指し銭）を抱え、禁制の発給を要請。織田の騎馬武者たちは顔を見合わせて笑う。織田家臣が声をかける。

禁制の発給に多額の銭を支払うのは、これまでの日本の習いであったが、信長公はその悪しき慣わしを止め、禁制は百姓安堵、村のなりたちのための恩恵として無償で与えると宣言。これには、村人たちも驚き、喜ぶ。織田は残酷な鬼と噂されていたから、武田を支え、重い税にも耐えてきた。だが、それは嘘だった。村人たちは愁眉を開き、織田の命令に従うことを約束。

N「この噂は、急速に広まり、織田を恐れるあまり、武田を支えようとしていた村々の意識を変えていった。人々は雪崩を打って、織田に従い始めた。武田の命令は、次第に機能しなくなっていく」

○安土城・大広間
信長のもとへ、滝川一益からの書状が届く。信長、書状を読みながら烈火の如く怒る。むやみに先に進めば、勝頼の思うつぼ。信濃の山間に誘い込まれ、武田の精鋭に攻撃されたら危うい。勝頼を甘く見てはいけない。どこかで必ず、興亡の一戦を仕掛けてくるに違いない。

まだ信忠では、勝頼は荷が重い。それを承知しているはずなのに、滝川・河尻らは何をしているのか。若いやつらを押さえねばいけないのに、一緒になって己を見失うとは。もし失態を犯せば、許さぬぞと怒りをぶちまける。

○諏方上原城・大広間・勝頼本陣

勝頼、使者の知らせを聞いて、思わず立ち上がる。叔父の武田逍遙軒が大島城を捨てて逃げ出し、城が信忠の手に落ちたと知ったからである。重苦しい空気。跡部勝資、長坂釣閑斎は、真っ青な顔をし、押し黙る。

○春日山城・大広間

上杉景勝、直江兼続と地図を拡げて協議。木曾が謀叛を起こし、織田軍が援軍として合流、武田軍が鳥居峠で敗退したこと、飯田城が自落し、大島城も危ういこと、勝頼は諏方から動けなくなったこと、などの報告を受ける。景勝、援軍を派遣したいと言い出す。直江が無理です、今の上杉に武田を救うだけの兵力も人材も割けないと諫言。景勝は、唇滅べば歯寒し、勝頼がもし倒れれば、早晩上杉も同じ運命をたどる。勝頼とともに、織田と戦わねば、上杉に未来はないとつぶやく。

景勝の決意に、直江は同意。一門の上条《じょうじょう》宜順《ぎじゅん》、重臣斎藤朝信らに出陣の用意をするよう使者を出す。

N「だが上杉の援軍は、北信濃にまで出陣したものの、混乱に巻き込まれ、それ以上進むことができなくなり、遂に勝頼を救うことが出来なかった」

○新府城・佳津の居室

佳津が文机に向かい、一心に文を書いている。上臈《じょうろう》の里乃《りの》が、佳津を心配して言葉をかける。

ここ数日、まったくお休みになっておられないではありませんか。このままでは身体をこわします。どうか、横になってくださいませ。

佳津は、御屋形様は休む間もなく戦にすべてをかけておられるのに、私は何もお力になれない。女の身が恨めしい。せめて、武田家の氏神武田八幡宮に願文を捧げて、御屋形様の武運を祈るのが正室のつとめ。願文を書き上げ、輿を用意させ、武田八幡宮へ向かう佳津。

N「かなで書かれた佳津の願文は、武田八幡宮に奉納され、今に伝えられている」

○小田原城・大広間

テロップ「天正十年二月二十日」

N「武田や織田の動きをまったくつかめなかった北条氏政は、ようやく木曾の逆心や、織田軍の信濃侵攻が始まったこと、そして徳川家康も浜松を出陣し駿河に向かっていることを確認した」

北条氏政には信じられなかった。あの武田が、ほぼ戦うことなく崩れているという情報を。氏政は、徳川とようやく海路、連絡がついたこと、そして小田原城下の港に入港した伊勢の商人からの情報で確証をつかんだのだ。

× × ×

フラッシュ

船から下船してきた伊勢商人が、北条の役人と話し込んでいる。織田軍が信濃攻めをするとのことで、兵糧や武器が飛ぶように売れ儲かったこと、その軍勢は空前の規模で、十万に及ぶとの噂があるが、各所で織田が調達している兵糧や武器の量を見ると嘘ではなさそうだということ、武田の城は抵抗せず、あっけなく開城しているらしいこと。あれ？　北条は知らなかったのですか？　と問われ、言葉を濁す北条の役人。慌てて、城に向かう。

× × ×

氏政、板部岡江雪斎に軍勢の召集を指示。重臣たちも慌ただしく散っていく。出遅れた。信長につけ込まれないように、急ぎ武田領に攻め込まねばと焦る氏政。

○諏方上原城・大広間・勝頼本陣

N「この日、越後の上杉景勝から、勝頼のもとに書状が届いた。織田軍の信濃侵攻と木曽義昌謀叛の報に接し、情勢を心配した景勝が、援軍の派遣を申し出たのだ。上杉も余裕があるわけではなかった。越中には織田方の柴田勝家・前田利家・佐々成政らが攻め寄せ、越後では信長の応援を受けた新発田重家の反乱軍が上杉の本拠地春日山城を虎視眈々と狙っていたからだ。だが、景勝は、勝頼がもし敗れるようなことがあれば、上杉も織田に攻め潰されることが必至だと考えていた。勝頼を支えるのは、上杉を支えることに他ならなかった」

勝頼、重臣らに上杉が援軍を差し向けてくれることを知らせ、海津城の武田方と合流させ、深志城の馬場美濃守を支援してもらい、木曾・織田長益軍を撃破して欲しいと申し送った。さすれば、勝頼は伊那口を進んでくる織田信忠に対し、高遠城の仁科信盛とともに総力を挙げた決戦を挑む。地の利は武田方にある。軍議は、上杉の援軍が来るとの情報に少し明るさを取り戻す。

○徳川軍・家康本陣・寺院の境内

（遠江、駿河の地図を投影しながら）N「二月二十日、徳川軍は大井川を超えて駿河に侵入した。家康は、家臣大久保忠世らに田中城を包囲させ、城将依田信蕃《よだのぶしげ》、副将三枝虎吉《さいぐさとらよし》に降伏を促すが、頑として応じる気配がなかった。家康は大久保らに田中城を任せ、翌二十一日、そのまま軍勢を率いて遠目《とおめ》峠を越え、用宗《もちむね》城の朝比奈信置を牽制しながら、遂に駿府を占領した。かつてこの地で人質生活を送っていた家康は、遂に支配者として再び駿府の土を踏んだのである」

家康、感慨無量。重臣酒井忠次が、家康をたしなめる。まだ江尻城の穴山梅雪が健在だと。そこへ本多正信がやってきて、家康に耳打ち。家康、頷き、正信とともに寺院の中へ入っていく。徳川家臣たちは、いぶかしげに見送る。

○寺院の一室

家康、部屋に控えていた武士の前に座る。本多正信が家康の側に控え、武士に語りかける。武士は、穴山梅雪家臣佐野弥左衛門尉。梅雪からの密書を正信に手渡す。

正信が、かねてよりの密約どおり、徳川を通じて織田方に返り忠するとの起請文です、と差し出す。家康は、正信に目配せ。正信、近習を呼び、ある人物を招き寄せる。信長家臣西尾小左衛門尉吉次が来る。家康、上座を勧める。西尾、恐縮しながら、佐野に向き直り、信長から穴山梅雪への書状を手渡す。知行安堵は確約することを言明。家康も、穴山に協力すると述べる。佐野、これを押し頂き、早速江尻に帰って梅雪に報告すると言って退出。

これで、味方を損じることなく、駿河を手に入れることが出来そうだと、家康と正信はにんまり。

○駿河の地図
N「その後、北条氏政は、徳川軍が駿府を占領したとの情報を受け、駿河国駿東郡・富士郡を制圧する作戦を決定した。この富士川より東の地域は、北条家の初代早雲がかつて治めていた縁の場所でもある。氏政は、その回復を狙ったのだ。氏政は、全軍に富士川を超えて攻めてはならぬと厳命した。だが、北条家の陣触が遅かったため、思うように軍勢が集まらず、動き出すのになお、数日を要した。その間、徳川軍は、用宗城を開城させ、丸子城を接収し、駿府周辺の制圧を完了した。後は、江尻城の穴山梅雪、久能城の今福丹波守虎孝、田中城の依田信蕃・三枝虎吉を残すのみとなった」

○甲府・雨の夜

テロップ「天正十年二月二十五日」

完全武装した武者が多数、夜の甲府を進む。穴山梅雪の手勢五〇〇人ほど。甲府の穴山屋敷に到着すると、屋敷から二つの輿を運び出し、これを警固しながら南に向かう。これをみた町人たちが、町奉行竹川監物に知らせる。二つの輿には、どうやら梅雪夫人見性院《けんしょういん》、嫡男勝千代が乗っているらしい。人質を動かすことは、勝頼の許可状がなければならず、しかもそれは町奉行竹川が検査し、了承のうえでなければ許されなかった。何も聞かされていない竹川は慌てて手勢を連れて、穴山衆に追いつく。町人たちも、心配そうにぞろぞろ集まってきた。

竹川が詰問するが、穴山衆の頭は、御屋形様からは許可をもらっていることだけを言いつのる。竹川は証文の提出を要請。頭は、懐に手を入れ、証文を渡す。竹川、これを開いたが白紙。顔色が変わった瞬間、穴山衆の頭が、太刀を抜き、竹川を斬る。竹川の家来と町人たちは騒然。穴山が裏切りかと騒然となる。町人たちは、穴山衆に翻意を促すが、彼らは町人たちを斬り捨て、蹴散らしながら甲府を去る。甲府は、穴山が裏切ったとの情報が駆けめぐり、人々は町から逃げ出し始める。

○駿府・家康本陣

穴山梅雪家臣佐野弥左衛門尉が再び使者として来る。引見する家康と西尾吉次。梅雪書状を見る。甲府の人質を奪回することに成功。もはや後顧の憂いなく、織田・徳川方に帰属できること、江尻城は、家臣の妻子を二の曲輪に集め、梅雪や家臣、兵士は城を出て徳川軍を迎え入れる準備を進めていることなどが伝えられる。西尾、梅雪書状を受け取り、安土に信長のもとへ報告をしに帰還していく。

家康、佐野弥左衛門尉に、江尻城明け渡しの日時を三月一日と通告する。佐野、これを了承し、梅雪に復命すべく帰還していく。

○諏方上原城・大広間・勝頼本陣

テロップ「天正十年二月二十七日」

勝頼、塩尻峠と有賀峠で、武田家興亡の決戦を行う決意で準備を進めている。重臣たちも、峠に構築している砦普請の様子を逐次報告、木曾・織田長益軍と信忠軍の様子を報告。双方とも動きがない。信忠軍の先鋒が、飯島に布陣しており、雑兵が高遠城下に放火した模様と伝える。

そこへ甲府からの至急の使者到着。勝頼、引見。使者は、甲府に残留していた叔父一条信龍の家来。信龍の書状を見て驚愕。穴山梅雪謀叛の第一報。

勝頼、茫然自失。重臣たちも周章狼狽。このままでは挟み撃ちにあう。本国甲斐が危うい。勝頼、熟考の末、新府城に撤退することを決断。

○諏方上原城外・跡部勝資陣所

慌ただしく陣払いの準備。荷駄に兵糧や武具などが積み込まれている。そこに、高札が掲げられており、何かが書かれている。それを、雑兵たちが見に来る。
「無情やな　国を寂滅することは　越後の金の所行なりけり」
これを見た人たちは、口々に上杉景勝からのワイロに目がくらみ、勝頼に景勝との盟約を結ばせた跡部勝資の所行が、北条との盟約破綻につながり、武田を衰退させたのだと言い合った。
跡部、これをみて高札を引き抜きたたきつける。

○行軍する武田軍

テロップ「天正十年二月二十八日」

N「武田勝頼は、塩尻峠か有賀峠で織田軍と決戦をすることを諦め、甲斐を守るべく新府城に撤退した。このため、高遠城を始めとする信濃の味方は置き去りにされることとなった。勝頼はせめてもの援軍として、高遠城に諏方郡代今福筑前守らを派遣し、逆襲の機会まで城を持ちこたえるよう依頼した。だが穴山謀叛の情報は、下々にまで伝わっており、道中、武士や雑兵たちの逃亡が後を絶たなかった」

×　×　×

フラッシュ

旗や、荷物を捨てて逃亡する武士、雑兵、荷駄を放棄する夫丸（動員された百姓）の姿。

N「勝頼が新府城に到着したときには、八〇〇〇人いたはずの軍勢が、わずか一〇〇〇人ほどに減っていた」

×　　×　　×

フラッシュ

新府城の大手門を騎乗のままくぐる武田勝頼・信勝父子。

×　　×　　×

○駿河・地図

N「同じ日、ようやく小田原に集結を終えた北条軍は、北条氏規《うじのり》・太田源五郎らを大将として、駿河に出兵した。北条軍は二手から駿河に進み、箱根を経て足柄峠を超えた軍勢は、深沢城を抜き、一気に吉原まで進出した。いっぽう、伊豆韮山城を出陣した韮山衆らは、徳倉城を降伏させ、沼津三枚橋城に向かった」

×　　×　　×

フラッシュ

沼津三枚橋城の門から、武具や旗を捨てて続々と逃亡する武田兵。みな我先に逃げ出す。

×　　×　　×

N「武田が総力を結集して築いた堅城・沼津三枚橋城は、戦わずして北条方の手に落ちた。韮山衆は、逃げる武田勢を切り捨てながら、吉原に進み、北条氏規・太田源五郎らと合流した。途中、北条軍は、興国寺城には手を出さなかった。徳川から、城主曾禰下野守昌世がすでに味方となっているので、攻撃しないよう要請されていたからである。北条軍は、富士宮に進み、大宮浅間神社を焦土とし、さらに甲斐の本栖に討ち入り、焼き払った」

しかし、まもなく、甲斐に侵入し、放火したことに対し、織田信忠から抗議が寄せられたため、北条軍は駿河に引き揚げた。信忠は、甲斐は織田のものであるので、手出し無用と釘を刺したのである。以後、北条軍は行動をほぼ停止させた。

○高遠城・全景
テロップ「天正十年二月二十九日」
N「勝頼が新府城に撤退した翌日、高遠城に籠城する勝頼の弟仁科信盛のもとに、織田信忠からの降伏勧告状が届けられた」

○高遠城・大広間
仁科信盛が上座に、その前に小山田備中守昌成、弟の小山田大学助昌貞、渡辺金太夫照《わたなべのきんだゆうてる》、諏方勝左衛門尉頼辰のほか、飯田城から逃れてきた保科正直、小幡因幡守、波多野源左衛門尉のほか、片切昌為も控えている。

信盛、降伏勧告状をみせ、意見を聞く。小山田兄弟は徹底抗戦を主張。兵糧、玉薬は充分。三〇〇〇人が二月の籠城に耐えられるだけ備蓄されている。さすれば、勝頼が態勢を立て直し、後詰めに来てくれるだろう。一同、これに賛同。ただ、保科正直一人、表情が暗い。

信盛、降伏勧告を拒否する書状を書き、使僧に渡す。その際、武田領の坊主でありながら、織田の使いをするとは恩知らずだとして、耳と鼻を削ぎ、城外に放逐させる。
N「信忠は仁科信盛の降伏勧告拒否の書状を読み、さらに耳と鼻を削がれた使僧の姿を見て激怒。明後日の三月二日、城を攻め潰すと宣言」

×　×　×

フラッシュ
陣中で怒る織田信忠。滝川らも、書状を信忠から受け取り、それを読みながら、怒りを露わにする。

×　×　×

○江尻城・大広間
テロップ「天正十年三月一日」
穴山梅雪、正室、勝千代が上座に座っている。家臣たちがその前に居並ぶ。梅雪、一同に武田勝頼を見限り、織田・徳川に付くと宣言。それ以外に、武田の血筋を守る術はない。勝頼は、諏方家の人間、彼が武田をダメにしてしまった。自分の方が、武田家の嫡流の血を勝頼よりも色濃く引いている。自分こそ、あらたな武田家の当主に相応しい。織田・徳川につくのは、本来の武田家の栄光を取り戻すためだと宣言。家臣たちも礼をし、同意。これより、徳川家康の陣中に赴くこと、家臣は妻子を二の曲輪に集めておくこと、城兵は門番を除き、すべて城外に退去し平服のまま徳川軍が城を受け取りに来るのを待つこと、などを命じる。

○駿府館・徳川家康本陣

家康、感慨深げに館を見回す。かつて自分が人質として出入りしていた場所だが、建物は一変しており、昔日の面影はどこにもない。

そこへ、本多正信がやってきて、穴山梅雪が来たことを告げる。大広間へ向かう。

○駿府館・大広間

穴山梅雪が下座にいる。左右に徳川家臣が居並ぶ。みな、梅雪のことを眺めている。梅雪は、目を閉じたまま。そこへ家康が入ってくる。

家康が大義であったと言葉をかける。梅雪は、今日限り、武田勝頼と手を切り、織田・徳川に奉公すると伝える。徳川家臣がどよめき、よしっ、おうっという声があちこちから聞こえる。

家康、梅雪が味方になってくれたことで、将兵を損じることなく甲州に入ることができる。感謝する。信長公への取りなしは請け負うことなどを伝える。

N「かくて徳川軍は、穴山軍の先導のもと、三月八日に甲斐に侵入する」

家臣らが、急ぎ甲斐に入り、自分たちの手で勝頼を討ち取るべきだという意見が噴出。家康、これを押さえていう。勝頼討伐と甲州一番乗りは織田信忠に譲る。自分たちは、目立たなくていいのだと。それが、織田家中で生き残っていく方便なのだと述べ、家臣たちを納得させる。

〇野原

後ろ手に縛られた老婆（木曾義昌老母）七十歳、十七歳の女性（義昌息女）、十三歳の男子（息子千太郎）が座らされている。刀を構えた武者が三人、後ろに立っている。

N「三月一日、新府城に預けられていた木曾義昌の人質三人が処刑された。義昌の謀叛が、武田家の凋落を招いたという家中の人々の恨みを一身に受けてのことであった。後に、人質たちが処刑された場所は、彼らを怒りのあまり躍り上がって斬ったことから、躍踊原（おどりばら）と呼ばれるようになったという」

〇高遠城・全景

テロップ「天正十年三月二日」

×　　×　　×

フラッシュ

織田信忠が采配を振り、全軍に攻撃を下知。織田軍が城に近づき、鉄炮や弓を間断なく撃ちかけながら、他の雑兵たちが空堀に土俵を放り込んでいく。城内からも応戦。

×　　×　　×

N「織田信忠軍と、降参した下伊那衆による高遠城攻めが、早朝から始まった。開戦早々、城内では異常事態が起こる」

×　　×　　×

フラッシュ

大手門にいた保科正直が、城外に脱出。白旗を振りながら織田軍に近づいていく。家来も旗を振りながら続く。

×　×　×

N「高遠城に籠城していた保科正直が、小笠原信嶺の誘いを受け開戦と同時に城から脱出したのである。これに保科勢も続き、仁科信盛は出鼻をくじかれることとなった。だが、高遠城はそれ以上の離反者を出すことなく、徹底抗戦を続けた」

○高遠城・大手門

小山田兄弟、渡辺金太夫、片切昌為、飯嶋民部少輔、宮下帯刀、新居松之助、上沼右近らが城外に打って出る。凄まじい攻勢に織田軍の兵士、多数倒される。新手を続々と繰り出す織田軍。頃合いを見計らって、城内に退避。少し休息をとり、またもや突出。織田軍に甚大な被害を与える。だが渡辺金太夫戦死、小山田兄弟も重傷を負い、片切昌為、宮下帯刀に抱えられ城内へ戻る。これを追い打ちしようと殺到する織田勢の前に、飯嶋民部少輔、上沼右近が立ちはだかり、切り結ぶ。激闘のすえ、彼らは戦死。

○高遠城・三の曲輪

織田軍が塀や柵を乗り越えて続々と城内に侵入してくる。織田信忠も鑓を持ち、雑兵に紛れて城の塀にとりつき、城内へ。驚く織田家臣たち。信忠を守るのだと後を追う。城内では今福筑前守らが織田と戦い戦死。波多野源左衛門も戦死。

○高遠城・二の曲輪

多数の女房衆と子供たち。その前を守るように立ちはだかる諏方勝左衛門尉頼辰、小幡因幡守。雑兵たちが塀に取り付き、敵を鉄炮・弓で攻撃している。三の曲輪が落ち、まもなく敵がこちらに殺到してくるとの報告。諏方頼辰、頷く。後ろを振り返り、女房頭の妻・華《はな》にいざというときは見苦しくないようにせよと諭す。敵が侵入してくる。諏方頼辰らも、鑓をもって参戦。女房たちは、自分の子供を涙ながらに刺し殺していく。そして、全員が薙刀を持ち、敵を待つ。

善戦していた諏方頼辰、小幡因幡守らが遂に戦死。雑兵が、華に夫頼辰の戦死を伝える。華、目を怒らせ、薙刀を持って夫のいた場所に駆けつけ、夫の遺体の周囲にいた織田の武士をたちまち七、八人切り捨てる。だが織田兵の鑓に串刺しにされ、絶命。

女房たちのいるところへ織田兵が殺到。若く美しい顔立ちの小姓が、弓で織田勢を射る。そして弓が尽きたところで太刀を抜き、切り込み戦死。女房たちも、我が子の、夫の後を追おうと薙刀で切り込む。織田兵を倒すが、次々に殺されていく。

○高遠城・本曲輪・大広間

重傷を負った小山田兄弟が、片切昌為、宮下帯刀に抱えられて入ってくる。敵をさんざん切り立ててきて気分がいい。そろそろ潮時ですかな、と小山田昌成。ならば酒宴を開こうではないか、と弟大学。仁科が盃をとらせ酒を注ぐ。そして自ら出陣しようとするが、これを小山田兄弟は押し止める。総大将は、どっかりと座って戦局を確かめ、もはやこれまでと思ったら尋常に腹を切るのが役目と諭す。

信盛は、自刃する覚悟を決め、小山田兄弟を介抱する片切昌為、宮下帯刀に城から落ち延びるように言う。ともに自刃するという二人を制し、新府城の勝頼のもとへ行き、高遠城が落城したこと、せめて一ヶ月持ちこたえようとしたが、わずか半日しか持たず、申し訳ないと詫びて欲しいこと、娘の小督姫に形見を渡すのを忘れたので、脇指を渡してほしいという。片切、宮下は泣くなく大広間を退出。本曲輪の空堀に下り、断崖に作られた抜け道を通って城外に出て行く。

信盛は、盃を七盃も干し、何か肴はないかというと、盃を干した小山田昌成が、肴はありますぞ、これじゃと脇指を抜き、自刃。弟大学も、では肴をもう一つと言って自刃。信盛は、珍しい肴もあったものだ、と寂しく笑い、側近に本曲輪に火をかけるよう命じ、自刃。

側近たちは、御大将は自害なされた。いざ、後をお慕いしようと呼びかけ、織田軍に切り込み次々に戦死。

N「高遠城は午前十時ごろ落城した」

○新府城・大手門前・夜

傷だらけ、血まみれの片切昌為、宮下帯刀が、城門までたどり着く。門番は驚き、肩を貸して城内に招じ入れる。その後も、続々と落ち武者が新府城へ。

○新府城・大広間

下座に控える片切昌為、宮下帯刀。重臣たちがぞろぞろと入ってくる。松姫、小督姫も不安げに入ってくる。松姫は、勝頼夫人の佳津が手を引いている。里乃も後についている。最後尾にいた宮下四郎左衛門、下座の二人に抱きつかんばかりに入ってきて、叱られている。

勝頼・信勝が入室。一同、頭を下げる。

片切、宮下が、高遠城が本日午前中に陥落したことを告げる。一同、驚く。三千人の軍勢を配置し、兵糧も二ヶ月は持つ配慮をしていたのに、あっけなく落城したことに衝撃。

勝頼、二人の労をねぎらい退出させる。女性たちもさがらせる。

○新府城・一室

上座に勝頼夫人佳津、松姫、小督姫(乳母に抱かれている)がいる。彼女たちの傍らに上臈の里乃。片切昌為、宮下帯刀、宮下四郎左衛門が下座。二人が、高遠落城の模様と、仁科信盛からの形見を小督姫(抱いている乳母)に渡す。女子供も、壮烈な最期を遂げたことを知り、涙にくれる女性たち。

○新府城・大広間

勝頼・信勝を上座に、跡部勝資・長坂釣閑斎・小山田信茂・真田昌幸ら重臣が絵図を前に軍議。

高遠城が一ヶ月持ちこたえている間に、新府城の普請を終え、後詰に向かい織田軍に打撃を与え、城兵らを引き取って新府に籠城しようと考えていたが、それも空しくなった。城は半造作で籠城もできない。どうすべきか。

信勝が、今さらどこに逃げようというのか。ここで戦い、最後は御旗・楯無の鎧を焼き、潔く滅亡すべきだと主張。

小山田信茂が、都留郡岩殿城に落ち延びるべきと主張。北条とも連携できる。

真田昌幸が、上野国岩櫃城に来るべきと主張。

勝頼は、岩櫃に行くことを決意。昌幸に一足先に支度をするよう命じる。城内にいる真田の人質も連れて行くよう言い、許可状を出すよう土屋昌恒に指示。

昌幸、一足先に準備しお待ちしておりますと言って退出。

すると、長坂釣閑斎が真田はしょせん外様、跡部がまだ初代一徳斎から三代にすぎぬ。しかも武田の統領が、甲斐を捨ててよいものかと主張。小山田も、北条こそ頼りになるはず。御台所様もおられることなので、和睦を受諾するはず。さすれば、北条を後ろ楯に岩殿城で一戦できる。信玄公が、関東三名城に数えた岩殿城は難攻不落で、大軍で攻めるのは困難。水の手も豊富で、兵糧も確保しているから、数年の籠城が出来ると改めて主張。

勝頼、武田の当主が甲斐を捨てるのかという言葉に抗弁できない。岩殿へ行くことに変更。明日三日早朝、城に火をかけ、都留郡へ行くと決定。

○新府城内

テロップ「天正十年三月三日」

荷車に兵糧や武器の積み込みが行われるが、それを引く夫丸(百姓たち)が一向にやってこない。佳津も出立する準備が整ったが、輿を担ぐ人足がいない。佳津は、馬に乗せられたが、他の女子供はみな歩行だ。

N「夜明けとともに、城に火が放たれる。跡部と長坂は、武田を裏切った国衆や武士たちの人質を建物の中に閉じ込め、焼き殺したという」

×　　×　　×

フラッシュ

建物の中で炎と煙に巻かれ、阿鼻叫喚の室内。閉じこめられ、逃げ場がない。次々に倒れていく老女、子供たち。

×　　×　　×

フラッシュ

新府城が炎に包まれていく(外観)。

×　　×　　×

すると、新府城の背後、信濃の方面から煙がしきりに揚がっているのに、勝頼たちが気づく。そこに早馬が来る。

織田軍が諏方に乱入。諏方大社に放火したとのこと。勝頼、愕然とする。そして諏方大明神に、社殿を守れなかった不甲斐なさを泣いて詫びる。

○諏方大社上社前宮の裏山へ続く山道

炎上する諏方大社から神職たちが、御輿を担ぎ、連雀を背負って逃げている。中身は、諏方大社の宝物。みな、口々に社宝を守屋山に避難させるのだ、一つとして失っては諏方大明神に申し訳がたたないといいあう。一人の神職が、後ろから押されて、大切に抱きかかえていた「真澄ノ鏡」を谷底に落としてしまう。狼狽する神職。他の神職たちに後で探しにくればよい、それよりも他の宝物をできるだけ運び出せといわれ、我に返る。

Ｎ「この時、神職が落とした鏡は、二二〇年後の寛政十二年に発見され、諏方大社に納められた」

○炎上する新府城を望む野道

武田勝頼と武田典厩信豊が向き合って押し問答をしている。勝頼は、信豊に信濃国を譲ると宣言。信豊、それはありがたいが、信濃を拝領するよりも、勝頼とどこまでも一緒に戦いたいと懇願。勝頼は、信豊に対し信州小諸城に行き、信濃の軍勢をまとめ、さらに上野国岩櫃城に帰還している真田昌幸、箕輪城で待機している内藤大和守、おまえの妻の実家小幡家らの上野衆を率いて、織田軍の背後を衝いてくれ。さすれば、自分は小山田ら郡内勢を率いて正面から攻撃を加え、織田・徳川を挟み撃ちにして殲滅するつもりだ。ぜひ、まげて自分の言うことを聞いてくれと懇願。信豊、泣く泣く承知。必ず救援に行くから、待っていて欲しいという。固く手を握り合う勝頼と信豊。

勝頼たちは、後ろを振り返りながら東に向かう。女たちは涙を流している。信豊、土下座をし落涙しながら、勝頼を見送る。

×　　×　　×

フラッシュ

道ばたに歩けなくなった女性や子供が座りこみ、もう歩けぬと泣き暮れる。草鞋はすり減り、両足は血まみれ。裸足で歩く女性や子供も多く、どんどん勝頼一行から落伍していく。

×　　×　　×

○甲斐の地図

N「勝頼一行は、穂坂路を通って甲府を目指した。勝頼一行を、武田一門一条信龍・信就父子が出迎えた」

○一条屋敷・大広間

一条父子が、勝頼一行に食事や飲み物を出してもてなす。長居は出来ないので、食事を終えてすぐに東へ向かう。

出立するとき、勝頼は一条父子に今後どうするかと問う。一緒に行かないか。一条父子は、御屋形様が東に進むための時間を稼ぐために、上野城に籠城し、南から迫る徳川家康と裏切り者穴山梅雪に一矢報いたいといい、暇乞いをする。

また、龍宝も妻、信道（九歳）、実了師慶とともに勝頼に暇乞いをする。盲目の身では、足手まといになるだけだと。勝頼、兄たちを見送る。

N「龍宝は甲府の入明寺に逃れたが、織田軍に追い詰められ自刃した。実了は、龍宝の息子信道を連れて甲斐を脱出し、浄土真宗の門徒らにかくまわれ、武田の血筋を守り通した。後にこの龍宝の息子信道の子孫が、江戸幕府の高家となり、武田家を再興した」

一条父子は、勝頼一行と龍宝一行を送り出すと、一族・家来を引き連れて上野城に向かう。屋敷は無人となる。

○甲府善光寺・門前

N「勝頼一行は、善光寺に参詣し善光寺如来に武運を祈った」

すると、門前に数人の武士がやってきて勝頼に目通りを願う。小幡豊後守昌盛父子と家来である。昌盛は病気で、歩行もままならなかったが、勝頼に暇乞いをし、この一大事にお役に立てず申し訳ないと落涙する。昌盛は、しばらく勝頼の馬の口取りをしたが、まもなく歩けなくなってしまう。昌盛は、土下座をしながら詫び、夜にならぬうちに宿所を定め、守りを固めるよう進言した。国内は、すでに盗賊の横行する事態になっていた。勝頼一行を土下座をして見送る昌盛父子と家来たち。

N「昌盛の傍らにいた十一歳の少年こそ、後に春日虎綱の遺記をもとに『甲陽軍鑑』を編纂し、甲州流軍学を大成した小幡景憲である」

○野道

歩みを進める勝頼一行。先頭を土屋昌恒、片切昌為、宮下父子が警固し進む。女子供は疲れ切っている。勝頼、後ろを振り返りながら、行列に停止を命じ、休憩を取る。土屋昌恒に命じて、温井常陸介を召し出す。

勝頼、温井に連雀を示し、これを慈眼寺の住職尊長和尚に渡し、高野山持明院に送り届けてくれるよう依頼せよと命じる。勝頼・信勝・佳津の肖像画、護り本尊など大切にしていた品々が入っている。万一の時は、回向をお願いしたい。温井には、それを届けたら、落ち延びてもよいというが、温井は必ず戻りますと言って去る。

再び出発する勝頼一行。すると、石つぶてが飛んでくる。近在の百姓数人が、勝頼めがけて石を投げているのだ。土屋昌恒、秋山紀伊守、片切昌為、宮下父子らが怒って追いかけようとするが、勝頼これを押しとどめ、放っておけと静かにいう。

そして、土屋に妹松姫を呼ぶように命じる。勝頼は、松姫に自分たちは最後の決戦をするために岩殿城に行く。今のままでは、身の安全が保証できない。そこで、ここから別行動をとり、北条領に落ち延びるがよい。屈強で忠義の者たちをつけるので安心せよ。

勝頼は、乳母に甘える息女貞姫(四歳)を召し寄せ、松姫に彼女を託す。これをみていた小山田信茂は、自分の孫娘で養女の香具姫(四歳)も供に連れて行って欲しいと願う。幼児が一緒では戦に支障が出る。成人ならば、食事も作れるだろうし、荷物も運べるだろう。だが幼児では役に立たない、と信茂がいう。松姫、これを承知する。側近の石黒八兵衛らが警固を請け負うが、勝頼はここまで自分たちを守ってくれた片切、宮下父子にも警固を頼む。彼らは、勝頼とともに岩殿籠城戦を戦いたいと願うが、勝頼の懇請により遂に承知。ここで勝頼一行と別れる。

○勝沼大善寺・門前、その後薬師堂

N「勝頼一行は勝沼大善寺に到着し、一夜の宿を依頼した。一行を出迎えたのは、桂樹庵理慶尼である。彼女は、勝頼の祖父信虎の弟勝沼五郎信友の息女である。勝沼氏は、武田信玄に叛いた罪で滅ぼされたため、彼女は縁の大善寺で一門の菩提を弔っていた。理慶尼は、恩讐を超えて、勝頼一行を手厚くもてなしたのである」

勝頼・信勝・佳津は、大善寺の薬師如来の前で武運と極楽往生を一心に祈念した。佳津は、一睡もせず、薬師如来に祈りを捧げた。そばに、里乃と理慶尼が並んで祈っている。

N「大善寺境内から夜の闇に紛れて、逃亡する兵士や百姓が後を絶たなかった。そして、勝頼の重臣の中から逃亡する者が出始めていた。長坂釣閑斎は、警固の兵士を巡察するふりをして逃げ去った」

○夜明け・薬師堂

テロップ「天正十年三月四日」

勝頼らが、出立の準備をしている。土屋昌恒、秋山紀伊守らが、固まって深刻そうに話をしている。小山田信茂も苦り切った顔をしている。長坂釣閑斎が逃げたことがはっきりしたのだ。雑兵たちの間にもたちまち広まり、動揺が広がる。だが勝頼だけは、表情は暗いが淡々としている。

そうしたなか、まだ佳津は祈り続けている。里乃が出立を促すと、紙と筆を所望し和歌を書き付け、理慶尼に託す。

「西をいで　東へゆきて　後の世の　宿かしわをと　頼むみほとけ」

佳津は馬に乗せられる。彼女は、見えなくなるまで名残惜しげに何度も理慶尼に頭を下げる。理慶尼は、合掌して見送る。

○甲州街道・鶴瀬・柵を構築する雑兵たち

N「勝頼一行は、鶴瀬を経て笹子峠の麓、駒飼に到着した。この峠を越えれば小山田信茂の領地都留郡である。岩殿城はまもなくだ」

駒飼から鶴瀬にかけて、小山田の雑兵たちが柵を結い、街道を封鎖する準備を進めていた。小山田信茂が、勝頼に笹子峠の守りを固めるために、まずここに柵を作っていることを説明。

N「勝頼一行は駒飼に宿所を取り、ここで岩殿城で勝頼らを迎える準備が整うのを待つこととなった」

小山田信茂は、勝頼の側にいながら、しばしば指示を仰ぎに来る家来に対応。なかなか進捗せず、信茂はイライラを募らせる。

○安土城・大手門

テロップ「天正十年三月四日」

織田信長が、遂に出陣。信忠が、彼の忠告を聞かずに武田領の奥深くへ侵攻しているため、苛立ちを隠せない。

× × ×

フラッシュ

美濃から信濃の地図。

× × ×

N「信長はその日は近江国柏原に宿泊し、五日、美濃国に入った。そして、呂久の渡しにさしかかったところ、高遠城主仁科信盛の首が送られてきた」

× × ×

フラッシュ

首桶を捧げ持ちながら、信忠の使者が織田重臣菅屋長頼に手渡す。首が出され、首実検が行われる。菅屋が信長に、誠に目出度いと申しあげると、信長の顔色が一変し、目に怒りの色を浮かべながら、何が目出度いものか。勝頼を甘くみている若輩どもは、やがて敵地に深入りし、手痛い目にあうだろう。そうなれば、まだ遠方にいるわれらには助けようもない。もし信忠らが敗北したり、戦死したりすれば、織田家の外聞が悪くなり、敵に侮られることになる。小城一つ攻め落としたぐらいで、得意がるとは片腹痛いわ、と言い、首は長良川に晒しておけと命じると、岐阜城に入り休息を取った。

×　×　×

○織田信忠の軍列

テロップ「天正十年三月六日」

織田信忠の軍列が、甲府に入る。甲府の町は無人で人影が見えない。織田の先陣が様子を調べ、敵が隠れていないことを確認。信忠、一条信龍の屋敷に入る。

信忠、居並ぶ家臣に、勝頼の行方を追うこと、触を出し、武田旧臣や一門たちに知行安堵を行うので出頭するように呼びかけるよう指示。また、村々には出頭してこない武田旧臣らは、敵なので密告や捕縛をして進上すれば褒美を与えると通達を出す。

○身延山久遠寺・徳川家康の本陣

家康のもとに、織田信忠が甲府を占領したとの知らせが来る。家康、本多正信にこれで織田に花をもたせた。そろそろ甲府が見渡せる場所まで進むとしよう、と指示。徳川軍、ゆっくりと穴山梅雪の先導で動き出す。

○駒飼・勝頼の宿所・広間

土屋昌恒、秋山紀伊守、温井常陸介らが、小山田信茂を囲むように座っている。駒飼に到着してすでに二日、甲府は陥落し、織田勢が我らを探索している。発見されればひとたまりもない。岩殿城からの迎えはまだか、と。

勝頼は、別室でじっと甲斐の地図を眺めながら、今後の作戦を沈思している。

焦れているのは小山田信茂も同じである。そこで、信茂は様子を見に、一足先に岩殿城に向かうこととする。自身が陣頭指揮をとらねば、作業が進まないようだ。家臣たちのふがいなさに、信茂は怒りを隠せない。人質として同道している、信茂老母（七十三歳）、息子藤乙丸（八歳）、乳呑児の息女（三歳）を残し、勝頼に断りを入れて岩殿へ向かう。

勝頼主従は、様々な思いを重ねながら信茂の迎えだけを待っている。

○岩殿城・廊下

小山田信茂が、家臣らを叱責しながら歩いている。あれほど指示を出したのに、ほとんど仕上がっていないことに驚き、怒る信茂。家臣らは、後に続きながら神妙に聞いている。

大広間に入ると、信茂は近習たちが甲冑を脱がせにかかるのに身を任せている。太刀を外し、脇指を近習が取り上げたのと同時に、周囲にいた家臣らが信茂を押さえ込み、縄で縛る。

信茂は唖然とする。家臣らは信茂に詫びながら、武田勝頼を迎え入れれば、郡内は戦場と化し、織田軍に蹂躙される。北条氏政との交渉を行ってみて得た感触は、北条は信長を恐れており、勝頼に味方したり、かくまうような考えはさらさらない。北条の後押しが見込めない以上、織田と戦うのは死を意味する。小山田や家中の人々の家を残すためにも、織田に付くことが得策。勝頼の郡内入りを拒否し、彼らの首を差し出すことで、織田からすべてを安堵されるようにすることで、家中は一決した。信茂様には申し訳ないが、事が終わるまでしばらく大人しくしていただきたい、と言明される。

家臣らは、信茂の人質については策があるので安心されたい。必ず、奪回してみせると豪語。そこへ、従兄弟の小山田八左衛門尉が登場。自分がこれから、勝頼のもとへ行き、迎えにきたと油断させ、人質を奪い返してくるという。

信茂は、おまえは御屋形様に寵愛され、多大な御恩を蒙っていたはずではなかったのか？　と問いかけると小山田八左衛門尉は、命あっての物種だ。もはやあの男には、何の価値もないと吐きすてる。

○市川・徳川軍

テロップ「天正十年三月十日」

N「徳川家康は、ゆっくりと富士川沿いの河内路を北上し、三月十日、市川に着陣した」

市川の町は、住民が逃げ去り静か。本多正信が、この宿の外れに文殊堂がある。いい場所なので、そこを御本陣にするよう指示しておいたと馬上の家康に報告。正信が続けて、あと一つ、この先半里ほどのあれなる小城に、武田勢が二〇〇人ほど籠城しておりまして、降参するよう使者を送ったのだがいうことを聞かないという。目をこらすと、確かに、少し先に小城があり、旗幟がはためいている。すると、穴山梅雪が、それは一条信龍・信就父子の上野城のことでしょう。あの父子は頑固者なので、降参はしないと思う、と言上。家康、すぐに甲府の信忠に使者を出し、上野城の始末について問い合わせを行うよう命じる。

○上野城・城内の広場

一条信龍・信就父子が、整列した家来の前で訓辞。栄えある武田が、なすすべもなく敵に踏みにじられようとしていることは口惜しい。法性院様が鍛錬された武勇を、われらだけでも敵にみせつけてやろうぞ。この城に籠城する必要はない。出陣と同時に焼き払え。

その時、物見が叫ぶ。市川の方角から、徳川勢が押し寄せてきます。一条父子、すぐに出陣。

○野原

徳川と一条軍の戦闘。だが多勢に無勢で一条軍はまもなく壊滅。一条父子は、捕縛され、家康本陣へ連行される。

○市川・文殊堂・家康本陣

床机に腰掛ける家康と穴山梅雪。居並ぶ徳川重臣。そこへ、後ろ手に縛られた一条父子が連行されてくる。家康、武勇あふれた戦いぶりに感動したので、一目お目にかかりたく、捕縛させていただいた。これに対し、一条父子は、武士として最後の花道を作っていただいた徳川に感謝する。いっぽう、梅雪に向かって、裏切り者め、この逆賊、武田の家を乗っ取る算段であろうが、我等は許さぬ。必ず呪ってやる。穴山の家は断絶の憂き目に遭うだろうと痛罵。梅雪が、勝頼が悪いからだというと、それはお前も含めたわれらにも罪があることだと痛罵。このような有り様になったのは、武田家中すべてに罪がある。お前だけが、その罪から逃れられるとはいわせぬぞ、と面罵。梅雪は視線を逸らすしかない。梅雪は席を立つ。

N「一条父子はまもなく市川で処刑された」

○駒飼・勝頼の宿所・広間

N「上野城が落城したころ、駒飼では滞在七日目を迎え、一同の我慢も限界に近づいていた」

土屋ら重臣がイライラしながら、小山田の迎えを待っている。そこに、外から小山田の迎えが来たとの声が。愁眉を開く一同。宿所の広間に、小山田八左衛門尉、小菅五郎兵衛ら十人ほどがやってくる。八左衛門尉は、全員平装のまま。迎えが遅くなったことを詫び、やっと準備が整ったこと、北条家との談合が上手くいき、北条氏照・氏邦の支援が得られる見通しが立ったこと、などを伝える。

勝頼・信勝・佳津も広間に出てくる。久しぶりに嬉しそうな勝頼。八左衛門尉は寵愛していたので、会うのが嬉しい。勝頼は、八左衛門尉が甲冑を着用していなかったので、自分の予備を下賜し、その場で着用させる。

八左衛門尉は、小山田衆五十人ばかりを率いてきたので、周囲の警固を交代させ、勝頼の家臣らには休息してもらいたい、今日は夕暮れも近いので、明日早朝に岩殿城に向けて出発したいと言上。勝頼も了承。

○駒飼・勝頼の宿所の屋外

その夜はささやかな酒宴が開かれる。勝頼の御前には、八左衛門尉と小菅五郎兵衛。彼らは、酒をほどほどにして、警固のために退出。土屋らも久しぶりに休息が取れるとほっとする。

小山田八左衛門と小菅五郎兵衛が、警固の部下たちに目配せをする。手筈どおり、火を放て。その隙に、小山田家の人質三人を連れ出すのだ。

火の手があちこちで揚がる。勢いがついたのを見計らって、小山田衆が火事だと叫ぶ。土屋らが飛び出してくる。何事か、誰かが火を放ったとしか思えない、敵の透波の仕業か、御屋形様をお守りせよ、火を消せ、など現場は混乱。

小山田衆も加わって水をかけ始める。火に気を取られている隙に、小山田八左衛門尉、小菅五郎兵衛が先頭となり、人質三人を背負った雑兵とともに、静かに逃げ出している。小山田衆の兵士たちも、少しずつ水を汲みにいくふりをして逃亡する。

少しして、小山田衆がいないこと、八左衛門尉らの姿が消えていることに土屋らが気づく。人質もいなくなっていることに気づき、騒然。さては、小山田が裏切ったか。

土屋・秋山紀伊守・温井常陸介らが後を追う。遠くに笹子峠の山道を、松明を掲げて登る小山田衆を発見。急いで近づこうとするが、鉄炮を撃ちかけられる。誰にも命中しなかったが、土屋らは、慎重に進むしかなく、追跡が遅れる。

○笹子峠・関所
土屋らが、笹子峠の関所にたどり着く。多数の小山田衆が布陣し、篝火が数多く焚かれている。土屋らが近づくと、威嚇射撃。土屋が何を血迷ったかと叫ぶと、小山田八左衛門尉・小菅五郎兵衛が顔を出し、勝頼らを郡内に入れるわけにはいかない、と告げる。もし押し通ろうとすれば、遠慮なく討ち取る。勝頼公の首を土産に、織田に所領安堵を乞う所存だ。まもなく攻め寄せるぞ、と脅す。土屋らは、切歯扼腕して悔しがりながら、峠道を戻っていく。

○駒飼・勝頼の宿所
火が燃え続けている。女子供は騒然。続々と逃亡していく兵士、百姓、女子供たち。

勝頼は、呆然とその様子をみている。側近河村下総守、安倍加賀守、安西伊賀守、小原下総守継忠らが逃亡する者たちを押しとどめようとしている。勝頼は、もうよい、と止める。逃げたい者は逃げればよいと。

そこへ土屋らが帰着。小山田信茂謀叛と報告。勝頼は、そうか、と一言いうのみ。どうしますか？と周囲が恐る恐る聞く。

勝頼、しばらく考えて、この先の日川沿いに天目山栖雲寺がある。わが祖武田安芸守信満公の墓所もあり、そこは要害堅固なところでもあるので、一戦をするのに適していよう。そこを目指すしかない、という。

急ぎ、人数をまとめたところ、武士は四十五人、僧侶二人だけで、あとは女性五十人と子供六人に過ぎなかった。勝頼・信勝・佳津は馬に乗り、わずかな兵糧と武器を積んだ馬を武士が引き、それに歩行の女子供が続く。松明を掲げながら、日川渓谷の道を上がっていく。

○山道を見下ろす高台

辻弥兵衛とその家来、多数の百姓らが様子を窺っている。

さきほど、様子を見てきた百姓数人が駒飼での混乱を報告。辻は、ついに小山田も裏切ったか。これで武田も終わりだ。新府にも、甲府にも戻れぬ勝頼らは、この天目山に来るしか道がない。もしここに来られたら、織田はこのあたりの村々は、勝頼に味方したとみなし、皆殺しにするだろう。ならばわれらは、ここで勝頼らを討ち取り、首を織田に持参すれば恩賞が与えられ、安堵されるだろう。百姓たちは、辻の言い分に同意。そう話をしているうちに、松明が近づいてくることに気づく。

目をこらすと、勝頼主従だ。辻は鉄炮と弓の支度をさせる。

勝頼らはそうとは気づかず、前に進む。だが、勝頼や土屋らが、ふと臭いに気づく。火縄の臭いだ、危ない、松明を捨てよ。後ろに下がれ。すると、すぐに鉄炮がうちかけられる。侍女が二人、もんどりをうって倒れる。女子供は泣き叫ぶ。

勝頼は麓の田野まで撤退するよう指示。土屋と秋山善右衛門・多田久蔵が殿軍をつとめる。

○切り立った断崖・細い一本道・道を塞ぐように大きく張り出した岩の陰
土屋昌恒・秋山善右衛門・多田久蔵が刀を構えて待機。ここなら、数人で敵を防げる。まもなく、雑兵が一人通りかかる。土屋が切り捨て、足で崖下に蹴落とす。まだ暗いので、後方の人間は気づかない。次々に切り落とされるか、蹴落とされていく。やっとおかしいことに後方が気づく。敵がいる、と叫ぶ声。辻弥兵衛が先頭になり進もうとする。土屋たちが隠れていることを察知。辻だと名乗り、出会えと叫ぶ。土屋が姿を現す。相手が手練れの土屋昌恒であることを知り、辻は尻込みする。土屋が迫ると、辻は後ろにいた雑兵や百姓を崖下に叩き落としながら逃げる。辻についてきた者たちは恐慌状態となり、天目山に逃げ散る。

土屋は、多田・秋山のところに戻ってきて、ここで下りてくる敵を防ぐよう依頼。自身は御屋形様を守ると言う。二人は、心置きない御最期を。われらはここを死守し討ち死にすると言う。三人は、固く手を握り合い、土屋は道を下っていく。

○田野・小高いところに建つ農家・勝頼の陣所

もはや進退窮まった。床机に腰掛け黙考する勝頼のまわりを信勝、武士や女性たちが座って見守る。跡部勝資が、かくなる上は、天目山の地下人らと和睦を結び、そこにいれてもらう算段をするしかないと進言。これに土屋昌恒が敢然と反論。これまで若輩なので黙ってきたが、こうなればもうどうでもよいだろう。跡部の言うことは未練だ。恥の上塗りになる。こんな考えを持つ未練者が宿老として幅を利かせてきた結果が、今日、このザマではないのか。武士は死ぬべきところで死ぬことが必要。もはや悪あがきは、武田の名を汚すだけだ。

勝頼、ここで腹を切り滅亡すると宣言。外が騒がしい。誰だ、そこを止まれと誰何する見張りの家臣たちの声。勝頼の勘気にふれ、蟄居を命じられていた小宮山内膳が参上する。最後までご奉公したいと。勝頼以下、一同落涙。小宮山が、織田軍がすでに勝沼に迫っており、早朝にはこちらに攻め寄せてくるだろうと報告。

勝頼は、法性院様の遺言に従い、嫡男信勝に家督を相続させることにするので、擐甲《かんこう》の礼の支度をするよう指示。

○田野・勝頼の陣所

篝火に照らされ、孫子の旗が翻る。久しぶりにみる堂々とした軍旗の数々。酒宴が開かれる。楯無の鎧を装着した信勝が武田家の新統領として、一同に盃を与える。勝頼、儀式を終えると、ただちに旗を巻かせ、楯無の鎧を鎧櫃に収納させる。そして田辺佐《すけ》左衛門尉と家人を召し出し、地の利を心得ているお前たちに、御旗・楯無の鎧や軍旗を託すので、どこかの寺社に奉納し後世に伝える配慮をして欲しいと頼み、落ち延びさせる。

勝頼、これで後顧の憂いなし。心ゆくまで飲むようにと声をかける。

○田野・勝頼の陣所・一角
佳津の前に、上臈の里乃、侍臣頭の劔持但馬守、侍臣早野内匠助、清六左衛門・清又七郎兄弟が控える。佳津、彼らに小田原へ帰るよう命じる。拒否する五人。自分の最後の模様と遺品を届けてくれるよう懇願する佳津。懐紙に記した辞世の句、櫛などを里乃に渡す。そして、懐剣を抜き、黒髪を切り、兄氏政に渡すよう諭す。里乃は頑として拒否。どこまでも一緒にと泣く。侍臣で一番年長の劔持但馬守が、自分だけはお供するので、早野ら三人に困難であろうが工夫して小田原まで脱出せよと指示。早野が佳津の遺品を連雀にいれて背負い、清兄弟とともに佳津、そして勝頼、信勝に暇乞いをして後ろを振り返りながら立ち去る。

○田野・小川に架かる細くて粗末な小橋、その向こうには木立
テロップ「天正十年三月十一日」
木立から、織田の斥候数人が顔を出す。小橋の手前で馬の背から下ろした米俵を積み上げ、バリケードを作っていた秋山紀伊守、温井常陸介、安倍加賀守、安西伊賀守ら数人がそれに気づく。斥候は驚き、引き返していく。安倍加賀守が、勝頼の陣屋に走る。

○田野・勝頼の陣所

安倍加賀守が、敵に発見された。まもなく攻め寄せてくる、と報告。いよいよだな、と皆が戦支度を始める。鎧甲冑を着込む。土屋昌恒・金丸助六郎・秋山源三の三兄弟が、矢束を両脇に抱え、敵を防ぐと言って出陣。弓と鑓を複数抱えた小宮山内膳、河村下総守がその後を追う。

○田野の入口、山道

馬上の滝川一益が、斥候の報告を受ける。勝頼父子を見付けたぞ。いざ、攻め寄せるぞと命令。兵士らは、おうとこたえて前へ急ぎ進む。

○田野・小川に架かる細くて粗末な小橋

米俵のバリケードを前に当て、その陰で土屋三兄弟が矢束をほどき、弓を構える。背後で秋山紀伊守、温井常陸介、安倍加賀守も弓を構え、二列で待機。その左右に鑓を持った小宮山内膳と河村下総守が待機。

まもなく、滝川勢の先手が姿を現し、小橋を渡ってくる。一列縦隊。前列の土屋三兄弟が、息のあった時間差で弓を射る。ばたばたと橋から打ち倒される滝川兵。土屋三兄弟の後は、温井、安倍が同じく時間差で弓を射る。その後、また土屋三兄弟。間断なく弓を射かける。滝川勢は鉄炮を用意するが、武田方はそれを狙い撃ち。鉄炮に気を取られているうちに、敵兵が橋を渡ってくる。それを鑓で防ぐ。

やがて矢が尽きてくる。小宮山らは、土屋三兄弟にここはわれらに任せて、御屋形様の側へいけと叫ぶ。土屋三兄弟、勝頼本陣へ走る。

○田野・勝頼の陣所

土屋三兄弟が走り込んでくる。まもなく敵が来ます。すると、鉄炮が打ち込まれ、建物や旗、地面などに当たる。流れ玉が子供に当たる。子供は声もなく倒れる。母親が狂乱。後を追うように懐剣で胸を刺して倒れ伏す。それを合図にしたかのように、女房衆が勝頼、信勝、佳津に一礼すると、子供がいる女性はこれを刺し殺し自刃、子供のいない女性は懐剣で自刃。跡部勝資、土屋三兄弟が介錯。

勝頼、佳津に鉄炮がしげくなってきたので、物陰に隠れるよう諭すが、まもなく死ぬ自分には必要ないといい、お先にまいりますと勝頼に一礼。胸を刺して自刃。劔持が介錯。劔持、里乃号泣。里乃もすぐに後を追う。劔持は、里乃の介錯をした後に、勝頼父子に一礼し、「これより北条家臣劔持但馬守、微力ながら武田殿に合力いたす」と叫び、外に向かって走り出し、織田兵と戦い壮烈な戦死。

女子供の自刃を見届け読経していた麟岳和尚とその弟子は、刀と鑓を持ち、合戦の準備。勝頼は、出家は落ち延びよというが、自分も武田逍遙軒の息子で武田一門。父が見苦しいことをしたせめてものお詫びに、今この場で僧籍から武田に還俗し武士として最後を迎えたいといい、信勝様の初陣に参陣と宣言。信勝も麟岳ならば心強いと鑓を構えて攻め込んで来た織田兵と戦う。

まるで義経と弁慶のようだと、勝頼や土屋兄弟たちは戦いながら冗談をいう。

やがて信勝が負傷。勝頼、信勝を褒める。信勝、雑兵ずれ手にかかるよりも麟岳和尚に引導を渡していただければ心強いと呼びかける。麟岳、ならば拙者が極楽へ先導いたそうと互いに刀を向け合い、肩をつかみ刺し違えて果てる。敵を切り払いながら戻ってきた河村下総守は、信勝の遺体に取り付き、傅役の拙者こそ、急ぎおそばに参上せねば、と言い放つと、腹を切り、信勝の遺骸を抱くように果てる。

勝頼、雑兵を散々切り捨てると、もうここらでよかろうといい、土屋昌恒を呼び寄せ、自刃。勝頼自刃の時を稼ぐため、土屋兄弟と生き残っている武士たちが懸命に敵を防ぐ。

土屋昌恒は「御屋形様、お方様、御曹司様は自害して果てられた。皆、敵を殺すのが面白くて遅参すれば無奉公の極みである。さあ、皆、急げよ」と言い捨てると、土屋三兄弟は、円陣を組み、刺し違えて死ぬ。肩を組んだまま、折れ崩れる。織田兵が、それを見て手を合わせる。

生き残った者たちも、敵陣に突入して戦死していく。

× × ×

フラッシュ

切り立った断崖・細い一本道・道を塞ぐように大きく張り出した岩の陰で、全身血まみれになって果てた二つの遺骸。土屋昌恒に辻弥兵衛ら地下人の侵入を防ぐよう頼まれた、秋山善右衛門と多田久蔵の壮烈な最期。

× × ×

N「太陽が午の刻の高さにまで登り切らぬうちに、武田方で生き残っている者は誰もいなくなった。武田家はここに滅亡した」

○岩村城・大広間

テロップ「天正十年三月十二日」

織田信長が居並ぶ家臣とともに、信忠からの使者より報告を受けている。武田勝頼・信勝父子を攻め滅ぼしたこと、武田家の残党を発見次第に処刑していること、など。信長は満面の笑みで対応。自分はもはや出陣する必要がなくなってしまった。富士見物でもゆっくりとしようかと上機嫌。まもなく、勝頼の首が送られてくるとのこと。

N「信長は三月十三日に岩村城を出て、信濃に入った」

○信濃国浪合・信長の陣所

テロップ「天正十年三月十四日」

信長のもとに、信忠の使者二人が参上。勝頼・信勝父子の首桶が運ばれてくる。首実検。

信長、勝頼の首に言葉をかける。そして狂歌を詠む。

「かつよりとなのる武田のかいもなくいくさにまけてしなのなければ」

信長、勝頼父子の首に、信玄坊主もそなたたちも京を目指していたと聞く。ならば、京見物をさせてやろう。ゆっくりと京をその目で見て確かめるが良い、といい、家臣に京都で首をさらすよう指示。

○信濃小諸城・二の曲輪・広間

テロップ「天正十年三月十六日」

武田信豊が、家来たちと協議している。まだ勝頼滅亡を知らない信豊ら。だが、重苦しい雰囲気。

信豊の妻の実家小幡家は、織田に降参すると伝えてきた。わしには加勢できんと。箕輪城の内藤大和守も、北条に降参したので、今後は一切の音信を謝絶するというてきたわ。岩櫃城の真田昌幸だけが、協力するというてきたが、敵方になった国衆に囲まれ今は身動きがとれないといっておる。小諸が危うくなれば逃げてくればともに籠城する準備は整っているとのことだ。

そこへ、本曲輪の下曾根浄喜《しもそねじょうき》が慌てて入ってくる。織田勢がやってきます。櫓に上がり、外をみる。織田の旗幟が近づいてくる。

織田勢の物主は誰か?と信豊が訊ねる。下曽根が「織田源三郎信房様でござりまする」と答える。「源三郎か、そうか、わしらを討ちにくるほどの武将に育ったか」と返答。

N「織田源三郎信房は、信長の四男。少し前まで、織田家の人質として武田家のもとで成長し、勝頼が元服させた人物である。勝頼は、信長との和睦を模索し、信房を織田家に送り返すことで、関係改善を行おうとしたが、失敗していた」

源三郎なら、相手に不足なし。いざ籠城の準備をと信豊が下知。下曾根らは、急いで兵に命令をしに行く。

すると、二の曲輪から火災が発生。驚く信豊ら。急ぎ、櫓を下りると、下曾根が軍勢を率いて信豊らに襲いかかる。裏切りに歯噛みして悔しがる信豊だが、家臣たちとともに討ち取られる。

N「武田典厩信豊の首は、下曾根浄喜によりその日のうちに信長に届けられた」

○甲斐善光寺・織田信忠の陣所

信忠が上座の床机に座し、左右に滝川一益、河尻秀隆ら重臣が控えている。そこに、小山田信茂とその一族、小菅五郎兵衛が縄を打たれ引き出されてくる。信忠が、皆の者ども、よく見よ。そこに、稀代の不忠者がおるぞ。勝頼を誘い込んでおきながら、臆病風に吹かれて捨て殺しにした卑怯者よ、と罵られる。信茂、悔しさをにじませるが抗弁しない。信忠はこの不忠者を早く殺せと家来に命じる。信茂ら引き出されていく。

N「小山田信茂は老母、妻子もろとも処刑され、小山田家は滅亡した。供をしてきた家臣たちも殺害されたという。小山田八左衛門尉は、岩殿城の留守居をしていたため難を逃れ、関東に落ち延びたと伝えられる」

×　×　×

フラッシュ

後ろ手に縛られ処刑される武田逍遙軒信綱、長坂釣閑斎。

×　×　×

N「織田は武田一族、重臣たちを文字通り草の根をわけるように探しだし、ことごとく処刑した」

○諏方法華寺・織田信長の陣所

N「信長は信濃諏方の法華寺を本陣とし、論功行賞を行った」

信忠、家康、穴山梅雪、木曾義昌、滝川一益、河尻秀隆、毛利秀頼、森長可、織田長益、織田源三郎信房らが居並ぶ。信長、信忠の戦功を激賞、「天下を差配するに十分な器量」と褒め讃える。家康には駿河一国、穴山梅雪には本領安堵、木曾義昌は本領安堵と筑摩・安曇郡、滝川一益には上野一国と信濃佐久・小県郡を与え、関東御取次役に指名、河尻秀隆は甲斐と諏方郡、毛利秀頼は伊那郡、森長可は川中島四郡を、それぞれ地図を示しながら宣言。全員が頭を垂れる。

○大雪が降る山々の風景

N「信長が諏方に着陣したころ、信濃は大豪雪となり、織田軍は兵糧の欠乏と寒気に苦しみ、凍死するものや逃亡する兵士が続出した」

○諏方法華寺・織田信長の陣所・廊下

（大雪が降るのをしきりに気にしながら）

信長は、武田の城から兵糧をかき集めるよう指示。家康は、兵糧を進上すると申し出て、信長に感謝される。

信長の御前を退出した家康は、廊下を歩きながら空を見上げ、もし武田方が各地で踏ん張って長期戦になっていたら、織田勢はゆゆしきことになっていたかも知れぬ。勝頼は、よほど不運だった、とひとりごちる。

信長、北条家から使者が来たとの知らせに色めき立つ。誰が来たかと尋ねると、板部岡江雪斎だと知って急に機嫌が悪くなる。

○法華寺・大広間

信長、北条重臣板部岡を引見。機嫌が悪い。なぜ氏政・氏直は出仕しないのか。盟約を結んだ時に、関八州は織田に進上し、麾下に参じると言っていたではないか。表裏甚だしいと怒る。板部岡はまだ織田家との縁組みが出来ていないので、それを踏まえてから進めたいと考えているとやっと返答。信長、納得しない。贈答品は、兵糧米一〇〇〇俵のみを受け取り、後は突き返すといって奥に引っ込んでしまう。

板部岡は恐懼。もしや、武田・上杉の次は北条の番かも知れぬ。われらは、本当の敵を見誤ったかも知れぬと呟く。

○京都・六条河原

虎落《もがり》を結い回した中央に、公卿がある。その上に、四個の三方《さんぽう》があり、武田勝頼・信勝・信豊・仁科信盛の首が置かれ、さらされている。高札も掲げられ、多くの人々が見物している。

Ｎ「武田勝頼・信勝・信豊・仁科信盛の首は、三月二十二日に京都に到着し、ここで獄門にかけられた」
風が吹いてくる。すると、信豊の首が、三方から地面に転がり落ちる。人々が、よほど無念だったのだろうと噂する。
Ｎ「武田勝頼らの首は、その後、武田家と縁の深かった京都妙心寺が引き取り、手厚い供養を行った」

○春日山城・大広間

上杉景勝と直江兼続が向き合っている。武田が滅んだことに衝撃を受けている。助けられなかったか、武田殿、申し訳ない、と呟く景勝。直江兼続が景勝に、唇滅べば歯寒しでござりまする。これよりは、織田勢が越中、信濃、上野の三方から攻め込んで参りましょう。景勝が、しかも織田に通じている新発田重家、会津葦名もじゃ、と続ける。直江が次は、わが上杉の番ですなという。
景勝「それも一興じゃ。わしはよい時代に生まれたものだ。弓箭を携え、日の本六十余州の敵を越後一国で支え、一戦を遂げて滅亡することができるのだからな。このような場を踏んだのは、古今、わしぐらいであろう。よい冥土の土産になる。謙信公への土産話ができるというものだ」
直江兼続「日の本の軍勢と戦うなぞ、そうあることではありませんぞ。もしこれで生き残れたら、上杉家の武勇はますます揚がるというものでしょう」
二人は楽しそうに笑いあう。

○道を行軍する信長軍

Ｎ「信長は寄親《よりおや》や旗本のみを連れて甲斐に入ることとし、多くの兵士に帰国を許した。兵糧が続かなかったからである」

富士山を眺め、上機嫌の信長。

Ｎ「信長は四月三日に、甲府の旧躑躅《つつじ》が崎館跡に入った。すでに信忠らによって仮御殿の建設が済んでいた」

○恵林寺・門前

テロップ「天正十年四月五日」

織田軍が門前に居並ぶ。快川和尚が、織田の武将と押し問答をしている。

Ｎ「臨済宗の恵林寺は武田信玄が自ら墓所と定めた、武田家の菩提寺であった」

織田の武将が、恵林寺は不届きであると詰問。①武田の残党や六角、犬山など信長の敵対者を匿っているとの噂があること、②武田勝頼らの供養を許可もなく勝手に行ったこと、などである。

快川が毅然と反論。気の済むまで寺内を探られよという。

織田の武将、探索を終えるまで寺の僧侶らすべてを山門に閉じ込めることを宣言。全員、静かにそれに従う。織田の兵が、はしごを外し、藁や薪を続々と運んできて積み上げる。そして、火をつける。

驚く僧侶たち。何をするかと口々に叫ぶ僧侶たち。

目障りな坊主ども、それほど武田の供養がしたければ、あの世で一緒になり目前でしてやるがよい。わしらはお前たちに引導を渡してやろうと思っただけよ、と織田の武将が言い放つ。

阿鼻叫喚の山門内部。だが快川和尚は少しも騒がず、袈裟を外して弟子の一人に、ここを脱出し、法統を絶やさぬ工夫をせよ。恐らく、織田勢はこれ以上の殺生はすまい。若い僧は、涙に暮れながら拝跪し、袈裟をかけて山門から地面へ飛び降りる。足を痛めたようだが、足を引きずりながら山門を囲む織田勢に向かって歩く。兵たちは、鑓を伏せ、黙って道を空けてやる。

快川和尚が山門の欄干まで出てきてそれを見送る。織田の武将がはっとしたように和尚に言い放つ。

火に包まれ、まもなく死が訪れる現世のこの地獄を、禅は何と考えるか、と挑発する。

快川は「安禅不必須山水、滅却心頭火自涼」と返答し、山門に消える。多くの僧侶の叫び声、火がついた法衣をまといながら転落し、ころげまわりながら死ぬ僧の姿もある。山門は焼け落ち、織田軍はそれを見届けて引き揚げていく。なおも燃えさかる山門。

○八王子・金照庵

寺に匿われる松姫、小督（仁科信盛娘）、貞姫（四歳）、香具姫（信茂養女、実は孫娘四歳）や数人の侍女たち。みな疲れ切っている。石黒八兵衛らが周囲を警固。

片切昌為、宮下帯刀、宮下四郎左衛門は、松姫のまえに進み出て、ここまでくれば安全です。さきほど、北条陸奥守（氏照）殿の重臣が来られて、きっと保護すると請け負って下さいました。松姫、嬉しそうに礼をいう。そなたたちはどうするか、と下問。三人は、一度甲斐に戻り、御屋形様たちのことを見届けたいという。すでに武田家が滅んだことは知っている。松姫は涙を流し、兄たちの供養を依頼する。三人は、甲斐を目指す。

○田野・勝頼の陣所跡・農家は焼け落ちている

遺体の処理を懸命にする僧侶と尼僧。拈橋和尚と理慶尼だ。二人は、協力して遺骸を集め、女子供と首のない男性の遺体を分けている。そこへ、片切昌為、宮下帯刀、宮下四郎左衛門が到着。三人はその様子をみて、がっくりと膝をつく。そして泣き崩れる。二人の僧侶が、泣くよりも供養を早くするためにも手伝うよう促す。

○大きな土饅頭数個・塔婆

拈橋和尚と理慶尼が読経。その後ろに片切昌為、宮下帯刀、宮下四郎左衛門が拝跪し、合掌。

N「後に徳川家康は、武田家滅亡の地に寺院を建立し、拈橋和尚を初代住職にすえ、勝頼らを供養した。これが現在も残る景徳院である」

○大きな土饅頭数個・塔婆（別アングル）

拈橋和尚と理慶尼が、片切昌為、宮下帯刀、宮下四郎左衛門にこれからどうするかと訊ねる。彼らは、故郷のことが気がかりなので帰国するという。もう織田勢は去ったので道中危ういことはなかろう、と拈橋和尚。武田家が滅び去り、仲間もほとんど死んだいま、自分たちはもう侍奉公するのはやめようと思う。故郷で、大地に向き合って生きていきたいと、片切ら。

三人は勝頼らの墓所に一礼し、去って行く。

○伊那・片切郷・片切城
片切城は焼け落ち、無人。誰もいない。片切昌為、宮下帯刀、宮下四郎左衛門は予想していたとはいえ、呆然とする。片切が、宮下父子に、わしはよいから自分の家をみてこいと促す。一礼して駆け出す二人。

○伊那・片切郷・宮下帯刀の家
これも跡形もなく焼け落ちている。すると遠くから犬の吠える声が。目をこらすと、遠くから犬が走り寄ってくる。早太郎だ！　駆け出す二人。犬の遙か後方から、近づく二人の人影。

妻みつ、娘よしが笑顔で近づいてくる。抱き合う四人。織田勢に城は焼かれたが、村は自分たちで火を放ち、織田勢に降参したので無事でいられたと説明。命さえあれば、いくらでもやり直せる。この大乱で、誰も命を落とさなかったのは冥助《みょうじょ》としか考えられぬ。

わしらは、侍奉公をやめる。春近衆もほとんどが死んでしまった。武田家もなくなったいま、生き残ったわしらだけでは張り合いもない。人が死ぬのを見過ぎた。もうよい。わしらは、これからは人を殺めるのではなく作物を育て、人を生かす生き方をするのだ。

○伊那・駒ヶ岳を見上げる・鳥が鳴く

テロップ

「天正十年六月二日　信長、本能寺において家臣惟任日向守光秀の謀叛により自刃」

「同日　三位中将信忠、二条新御所において源三郎信房らとともに自刃」

「武田家滅亡のわずか八十日後のことであった」

「完」

映画シナリオ

信虎の最期

○信濃・美濃国境付近の山道

テロップ「天正元年（一五七三）六月十八日、信濃・美濃国境」

一人の老僧が、若い娘と二十七歳の若者を連れ、五人の屈強そうな武士に護られて、先を急いでいる。老僧は、しきりに後ろを気にしながら歩く。誰かに追われているか、不安のようだ。

テロップ「武田信虎（無人斎道有）」

信　虎「（背後を護る武士に）誰かにつけられてはおらぬか？」

武士1「（立ち止まり、背後を確かめてから信虎の方に向き直り）ご懸念なく。後をつけてくる気配はござりませぬ」

信　虎「（少しほっとした様子で）そうか。ならば先を急ごう」

歩みを早めようとした信虎が、何かに躓いてよろめく。すかさず、傍らの若い娘が信虎を支える。

テロップ「お耀（信虎の末娘）」

耀《よう》「父上、大丈夫でございますか？　足を挫かれましたか？」

信　虎「心配ない。窪みに足をとられただけじゃ。さあ、参るぞ」

武士2「まもなく、信濃の入口、妻籠の関所でござる。あと少しですぞ」

一同、老齢の信虎をいたわりながら、まもなく安全地帯にたどり着くのだという安堵感を漂わせる。若者が信虎に声をかけ、励ます。

テロップ「六角次郎（近江の戦国大名六角承禎の子）」
次　郎「武田殿、もうすぐ、織田の追っ手を恐れることもなくなりまする。あと少しの辛抱ですぞ」
信虎、頷く。
信　虎「妙じゃ。ずいぶん前から、途中の村の者たちの他に、人とすれ違わぬな。信濃の方から、商人や旅人がやってくる気配すらないのう」
武士４「恐らく、妻籠の関所が閉じられているのでしょう。もはや武田と織田は敵同士。人馬の往来を封じているとみて、間違いありますまい」

○信濃・美濃国境・妻籠の関所

武士３が、一同からかなり先行してあたりを警戒しながら、先頭を歩いている。そして目前に関所をみつける。
武士３「おお、妻籠の関所じゃ。（信虎の方をみながら）とうとうたどり着きましたぞ！」
耀、六角次郎の表情が和らぐ。信虎も、ほっとした表情。
信　虎「着いたか。信濃じゃ」
妻籠の関所には、武田菱の旗幟がいくつもはためき、屈強そうな武士が、甲冑に身を固め、周囲を警戒している。数人がこちらに気づき、動きが慌ただしくなる。関所の入口は固く閉じられ、容易には通さぬ気配。
武田兵「（信虎一行を見て）何者だ！　美濃からの出入りは禁じられておる！　早々に立ち去れ！」

関所内部から、弓、鉄炮が信虎一行に向けられ、鑓を構えた武士たちが背後に待機。
武士1「われらは、遙か京より参った一行にござる」
武田兵「なに？　京から？　何者じゃ」
武士1「われらは、将軍足利義昭公より武田家に遣わされた使者でござる」
武士1の背後から、六角次郎が前に歩みを進め、関所に向かって呼ばわる。
六角次郎「拙者は、近江の六角承禎が一子次郎と申す。わが父は、信長と近江鯰江城で戦い破れ、今は甲賀でなおも手向かいしておりまする。将軍義昭公も、武田殿の出馬を心待ちにしておりますれば、その委細を、御屋形様に言上いたしたく、何卒しかるべき手筋にお取り次ぎ下され」
武田兵「にわかには信じがたい。そもそも、大樹公からの使者が来るとは聞かされて居らぬ。そなたたちは、身の証となるものはもってはおらぬか？」
両者の押し問答を見ていた信虎、遠い目をして呟く。
信　虎「……あの時と、同じじゃ……」
耀　「あのとき？」
信　虎「今から、三十三年前の、あの時のことじゃ。甲斐を追われた、あの日の風景そのままじゃ」

×　　×　　×

フラッシュ

テロップ「天文十年（一五四一）六月十六日・甲斐・駿河国境、万沢の関所付近」

ナレーション（以下、N）「武田信虎は、天文十年六月十四日、重臣板垣信方ら数人にしか行き先を知らせず、秘かに旗本五十人ばかりを引き連れ、隣国・駿河の今川義元のもとを訪問していた。表向きは、義元のもとへ嫁いだ息女との対面であったが、実際には、息子晴信を廃嫡にし、駿河に送還、軟禁するための話し合いであった」

信虎が、家来五十人ほどを引き連れて、急いで甲斐に戻ろうと馬を馳せる。信虎に、焦りの表情。

N「しかし、信虎は対面した義元から驚くべき話を聞かされる。それは、晴信から信虎を駿河で隠居させたいので、協力して欲しいとの書状を受け取っているとのことであった。義元は、そのために信虎が駿府にきたものと思ったと述べた」

信　虎「まさか、そのようなことがあるはずもない。義元が虚言を弄したに違いない」

N「驚く信虎に、今川義元は、自らの眼で真偽を確かめることを勧めた。今川方の情報によると、すでに甲斐・駿河国境は封鎖されているとのことであった」

信　虎「まもなく国境の万沢じゃ。関所がある。まさかとは思うが」

万沢の関所が見えてくる。関所は閉鎖され、その向こうに多数の兵士が配置されているのがわかる。彼らは、弓を構え、鑓を立てて戦闘準備に入っている。

信　虎「まさか……」

信虎一行、馬を止める。

土屋伝助昌遠が、一騎で前に乗りだし叫ぶ。

テロップ「土屋伝助昌遠《でんすけまさとお》（信虎側近）」

昌　遠「御屋形様のご帰還じゃ！　ただちに門を開けよ！　何事じゃ、その物々しい手配りは。今川殿とは盟約を結んだ仲。今川方に向かってかほどの警戒をする必要はないはずじゃ！」

武田兵「この手配りは、先代様に備えてのもの。申し訳ございませぬが、ここをお通しすることはできませぬ」

信虎、驚き呆然とする。

昌　遠「先代様⁉　誰のことじゃ！　こちらにおわすは、紛れもなきご当代様、武田陸奥守信虎公じゃぞ！　そなたたち、御屋形様のお顔を忘れたか？」

武田兵「われらが御屋形様は、武田左京大夫晴信公にござる。陸奥守様、先代様は駿河にて御隠居との由。帰国させてはならぬとの下知を受けておりますれば、尋常にお引き取り下され」

昌　遠「誰にそのような下知を受けたというのか！　下知を下せるのは、こちらにおわす御屋形様しかおらぬはずじゃ！」

そこへ、武田兵の背後から板垣駿河守信方が現れる。

昌　遠「板垣殿！　これはどういうことじゃ！」

板　垣「（信虎に一礼した後に）武田家中は、新たな屋形として、左京大夫晴信公をお迎えすることとなり申した。先代様は、今川家のもとで隠居される手筈を調えてござりますれば、このまま駿府にお引き取り願いたい」
信虎「駿河守！　お主、わしを裏切ったのか⁉」
板垣「先代様、このままではあちこちで謀叛が起き、甲斐は再び修羅の巷になるところでした。晴信様ならば、この危難を乗り越えるだけの器量がござりまする」
信虎「なんじゃと！　わしに、武田家の頭領としての器量がないと申すか！」
板垣「さようにござります」
信虎「おのれ、いわせておけば！　ものども！　押し通るぞ！」
板垣「（信虎の家来たちに向かって）お前たち、ここで同じ武田が争って、何の益がある？　こちらには、一〇〇〇人の兵が待機しておる。命を粗末にするな。お前たちには家族があろう。わしらに同心する者はこちらに来い。さすれば、甲斐に迎え入れ、家族のもとへ帰してやろう。じゃが、あくまで、先代様に与《くみ》するというのであれば、用捨はせぬ」
信虎の家来たちに動揺が走る。信虎と土屋昌遠は、彼らに関所を突き破れと叫ぶが、誰も動かない。そのうちに、一人、二人と鑓を臥せ、馬の鐙を外し、関所に向けて馬を繰り出す者があらわれる。やがて、どんどん続く者が現れ、とうとう、信虎の周囲には土屋昌遠ら四人の武者しか残らなくなる。
あっけにとられる信虎。それを関所の上から見下ろしていた板垣が信虎に呼びかける。
板垣「これでおわかりでしょう。駿河に同行した旗本は、もっとも忠誠心があつい者どもだったはず。これらの者どもすら、われらに同心したのです。先代様、これが今の甲斐の、そして武田家中の偽らざる総意でござる」

信虎、悔しそうに馬を返し、甲斐を背にきた道を戻っていく。

板　垣「土屋伝助、先代様を頼むぞ。家族のことは、わしに任せろ。懸念するな」

土屋昌遠はそれを聞くと、少し頭を下げ、三人の武者とともに、信虎の後を追う。彼らはしきりに後ろを振り返るが、信虎は振り返らない。眼光鋭く、前を見据える。

N「かくて、甲斐の国主武田信虎は、息子晴信により追放されたのであった。時に信虎、四十八歳。この日から、信虎の永い余生が始まったのである」

○タイトル

「信虎の最期」

○信濃・美濃国境・妻籠の関所

信虎、ゆっくりと歩き出し、関所の武田兵たちと問答をしている信虎警固の武士、六角次郎の傍らをすり抜けると、関所に近づく。

信　虎「わしは、無人斎道有《むじんさいどうう》じゃ。わしのことは、伊那における逍遙軒《しょうようけん》か、この先の福島における真理《まり》姫が見知っておろう。すぐに使いを出してもらいたい」
武田兵1「無人斎？　道有？　何者だ？」
武田兵2「しかも、逍遙軒様や、木曾殿のご簾中に対して無礼であろう！」
武田兵3「血迷うたか？　老僧？」
　するとと、信虎は、腰に佩《は》いていた太刀を鞘ごと腰から外し、彼らに示す。武田兵たちは、何事かと戸惑いながら、太刀に目を凝らす。目貫と笄《こうがい》に花菱紋の飾り。それに気づき、武田兵たちは訝しげな顔をする。
信　虎「この太刀は、武田家重代の家宝左文字じゃ。これを佩くわしこそは、出家前、武田左京大夫源信虎と名乗っておった。逍遙軒や真理姫はわしの子よ。もちろん、信玄もな」
　武田兵たちが驚愕し、狼狽しはじめる。信虎、彼らを一喝する。
信　虎「何をしておるか！　もたもたせず、ただちに逍遙軒を呼べ。父が帰ってきたとな。しかも将軍義昭公の上使としてじゃ」
　武田兵は慌てて平伏。
組　頭「（部下を振り返り）ただちに伊那大島城へ急使を飛ばせ。逍遙軒様に先々代がお戻りになられたとお伝えせよ」
　信虎、柵越しに組頭を鋭い眼光で見据えながら、
信　虎「そなたのすべきことは、他にもあろう？」
組　頭「（なにやら理解できず）……は？」

信　虎「愚か者！　わしらをこのまま外に立たせておくつもりか？」
組　頭「ははっ！　それ！　開門せよ！」
　関所の門が開く。信虎一行が招じ入れられる。
N「信虎一行は、妻籠城下の屋敷に入り、武田家からの沙汰を待った」

○妻籠城下の屋敷・信虎の居間

　六角次郎が信虎と話をしている。側には、耀が控える。すると、庭から甲賀の武士が急ぎやってきて、跪く。
武士1「申しあげます。ただいま、武田逍遙軒様がお越しになられ、お目通りを願い出ておりまする」
信　虎「（六角と耀をちらとみながら）……通せ」
武士1「ははっ」（退出していく）
　すぐに庭から、武田逍遙軒がやってくる。居間に座る老僧をみて、父であることを確認したが、あまりに急なことで立ちつくす。
信　虎「孫六、久しいのう。わしの顔を、覚えておるか？」
逍遙軒「（慌てて跪きながら）父上、お懐かしゅうござります。紛れもなく、父上です。ようご無事で」
信　虎「話が遠い。近う寄れ。近くに参れ」
逍遙軒「ははっ。では、御免！」（庭から、居間に上がり、父の前に座る）

○信虎の居間

居間の上座に信虎、その傍らに六角次郎が控える。逍遙軒は信虎と向き合う形で座っている、

逍遙軒「父上、ようご無事でお帰りなされましたな。織田と戦う支度を、近江の甲賀でしていたことは存じ上げておりましたが」
信　虎「そのことよ。信玄が、去年の十月、織田・徳川に戦いを挑み、朝倉・浅井・本願寺と盟約を結んで、十二月遠江で織田・徳川軍を打ち破ったことから、すべては始まったのじゃ」
逍遙軒「そこで父上は、上様の上意により、甲賀に潜入したわけですな？」
信　虎「（頷きながら）信長めは、上様を蔑ろにし、畏れ多くも十七条の異見書なるものを突きつけ、どさくさに紛れて、御公儀をわがものにしようと謀ったのじゃ」
逍遙軒「何と！」
信　虎「そこで上様は、わしに甲賀に潜入せよと命じられた。信長打倒のため、また信玄に合力せんと思い、わしは老骨にむち打って、この一月、織田の警戒をすり抜けて甲賀にようやくたどり着いた。そして、六角承禎殿や甲賀衆と力をあわせ、信長打倒の兵を挙げることになったのじゃ」
逍遙軒「そのことは、われらも存じ上げており申した。父上からも書状をいただいており、家中に披露されましたゆえ」
信　虎「ならばなぜそのまま美濃に攻め込まなかったのじゃ？　信長は兵も集まらず、家康は敗

戦で動けず、武田にとっては千載一遇の機会であったはず。なのに、なぜ兵を退いた？」
逍遙軒「それは……（表情を曇らせる）」
信　虎「信玄が死んだからか？」
逍遙軒「（慌てて）滅相もないこと。御隠居様は、いま病に臥せっておられます」
信　虎「ふん、五丈原《ごじょうげん》の諸葛亮《しょかつりょう》を気取っておるか」
逍遙軒「まさか、そのようなことはございませぬ。ただ、御隠居様はいささか病篤く、甲府で養生に努められておられまする」
信　虎「まあよいわ。いずれ、すべてわかることじゃ。それにしても、武田軍が本国に引き揚げたことから、すべては狂いだした」
逍遙軒「（申し訳なさそうに）はぁ……」
信　虎「上様は、この二月に京都で信長追討の兵を挙げられ、わしは、六角殿や甲賀衆と手筈どおり四月に挙兵を成就させ、近江に出陣した」
逍遙軒「（驚いたように）ほう……」
信　虎「じゃが、まもなく上様は信長に攻め込まれ、上京《かみぎょう》は焼き討ちの憂き目にあい、天子様の仲裁で和睦してしまわれた。わしらは、近江鯰江城で梯子をはずされた格好になってしもうた」
逍遙軒「左様でしたか……」
信　虎「わしは、六角殿の求めもあり、上様にお会いして、今一度挙兵していただこうと思い、こちらにおられる六角次郎殿とともに甲賀衆に護られて山城国に潜入したのじゃ」
逍遙軒が、となりに控える六角次郎に視線を向ける。六角次郎、それに気づき、頭を下げる。
そこへ、耀が入ってきて、夕餉の支度が整ったと知らせにくる。逍遙軒が、耀をみつめる。
信　虎「孫六、この娘は、そなたの妹じゃ。わしの末娘お耀じゃ」
耀　「兄上様、初めてお目にかかります。耀と申します」
信　虎「これなるは、わしが、将軍足利義輝公の侍女に生ませた娘じゃ。わしは京に戻られた義輝公に召し出され、御相伴衆になった。その時、義輝公の侍女の上臈を気に入っての。義輝公にお願いして側室に貰い受けたのじゃ。」
逍遙軒「（父の若さに感心したように）ほう……」
信　虎「わしが耀の母を側室にしたのは、天文二十二年、そして翌年に耀をもうけたというわけだ」
逍遙軒「すると……」
信　虎「二十歳になるのう」
逍遙軒「どこかに嫁いだことは？」
耀が表情を曇らせる。
信　虎「ない！　耀は、どこにもやらぬ。これほどいとしい娘を、どうして手放せようか」
二人の様子をみて、逍遙軒はそれ以上踏み込まぬよう話題を変える。
逍遙軒「それでは、遠慮なくご相伴に預からせていただきまする」

信虎、耀に手を引かれて奥に歩き出す。六角次郎、逍遙軒が続く。

○信虎屋敷・板の間

信虎・六角次郎・逍遙軒が膳の前に座り、夕餉《ゆうげ》を取っている。信虎の傍らに耀が控え、父の盃に酒を注ぐ。時々、六角次郎や逍遙軒にも。

信　虎「わしをここまで警固してくれた者たちは、甲賀衆じゃ。山中殿や美濃部殿が、付けてくれた屈強な武者であり、忍びじゃ」

逍遙軒「この屋敷のまわりにいた、あの五人がですか？」

信　虎「そうじゃ。何度も危ういところを助けられておる。おかげで、織田の領地を何度か抜けることもできた。そればかりか、越後にも行けたでのう」

逍遙軒「越後!?（驚いて酒をこぼす）まさか……」

信　虎「そのまさかよ。（盃をあおり、耀に酌をさせながら）上様の上使として謙信にも会うてきたわ」

逍遙軒「そ、それはいつのことで？」

信　虎「この六月のことじゃ」

逍遙軒「して、謙信といかなる談合がなされたのでござりまするか」

信　虎「知りたいか？」

逍遙軒頷く。

信　虎「まぁ、慌てるな。そなたにも、話せぬことがある。すべては、上様からの下知をいただいてからじゃ。そうそう、どこまで話したかのう？」
逍遙軒「上様にお目通り願うために、甲賀から山城に向かったところまでにござりまする」
信　虎「おお、そうじゃったな。わしは、次郎殿とともに上様に拝謁した。上様は意気軒昂でな。信長と和睦したは、味方を募る時を稼ぐための方便じゃと仰せられた。上様は、本願寺、浅井、朝倉と手を結ばれたと上機嫌であられた」
六角次郎「上様は、もう一度、挙兵される決心を固めておられました」
逍遙軒頷く。
六角次郎「そこで無人斎様が、上様に献策なされたのです」
逍遙軒「ほう……（父に目を向ける）」
信　虎「（盃を傾けながら）上様の御内書を、毛利、上杉、北条、加能越の一向宗門徒らに出していただき、彼らに盟約を結ばせるのよ。もちろん武田にもこれに加わってもらう」
逍遙軒「それでは……」
信　虎「信長に敵対する大名らに手を結ばせ、上様の挙兵を合図に、一挙に織田・徳川領に攻め込ませる。そして上様を奉じて、京を奪い返し、御公儀を再興するのじゃ。その上で、諸大名が上様に忠節と奉公を尽くすと誓約させ、さらに互いに矛をおさめ、無事を成就させる」
逍遙軒「惣無事……」

信　虎「そのとおりじゃ」
逍遙軒「さ、されど、謙信と一向宗門徒、そして北条、いずれも宿怨の間柄なれば、そう易々と話は進みますまい。如何に上様の御内書をもってしても、それは無理というもの」
信　虎「そう思うか？」
逍遙軒「はい。誰もが一度は思いをめぐらすことなれど、行うは難しと思料いたしまする」
信　虎「上様だけではないぞ」
逍遙軒「は？」
信　虎「まあよい。とにかく、わしの宿願は、ご公儀の再興と、戦国の終焉。そのご公儀の柱に、わが武田家がなることじゃ。わしの策が成就すれば、武田家の功績となるであろうし、信玄が盛んに宣伝しておった比叡山の再興とご公儀の輔弼《ほひつ》も叶うことであろう」
逍遙軒「つまり、武田家が、ご公儀の管領になると？」
信　虎「そういうことじゃ。もはや、細川、斯波、畠山に力なく、管領になったとて、諸大名は納得せぬ。ご公儀再興の功績さえあれば、武勇で天下に知られる武田家なればこそできるというもの」
逍遙軒「父上は、そのために戻ってこられたのですか？」
信　虎「それもあるが……、まぁ、信長に追われ、行き場がなくなったというのが実際じゃ、ふははは……」
逍遙軒、信虎の横顔をじっと見つめる。耀も信虎と逍遙軒の横顔を静かに見比べる。灯明皿の火が揺れ動く。

○信濃国伊那郡の街道

テロップ「天正元年六月二十二日・信濃国伊那郡」

N「まもなく、武田勝頼は祖父信虎を伊那郡高遠城の城下にしばらく滞在させることとした」

馬に乗る信虎、逍遙軒、六角次郎、耀、甲賀衆の五人。

信虎の隣に寄り添うように付き、轡《くつわ》を並べる逍遙軒。信虎の機嫌が悪い。

信　虎「なぜすぐに甲府に行けぬのだ！　高遠に居れとはいったいいかなる料簡《りょうけん》じゃ」

逍遙軒「申し訳もございませせぬ。ただいま、甲府は勝頼公の家督相続の祝儀で、他国からの使者がひきもきらぬありさまで、とても御屋敷の準備や、お迎えの儀式などができぬとのこと。しばし、ご堪忍下されますよう」

信　虎「ふん、勝頼殿の屋形成りなれば、このわしが同席してもなんの差し支えがあろうか。そうではないのか」

逍遙軒「どうぞ、ご容赦のほどを。御隠居様もまだ床払いすらできぬとの由。父上のことを、御隠居様も気にかけておられるようですので、少しの辛抱を」

逍遙軒は、話題を変えるように、彼方を指差す。

逍遙軒「父上、本日は、あちらの方角にある大島城にてお泊まりいただきます。大島城は、わが武田の伊那の要。高遠城とともに、天下に聞こえた要害にござりまする。拙者も、ここにしばしば詰めておりますれば、我が家も同然」
信　虎「ほう。どのような城か、見るのが楽しみじゃな」
逍遙軒「ところで父上。不識庵とは、いつ会われたのですか？」
信　虎「謙信か。つい先頃のことよ。今月二日のことじゃった」
逍遙軒「（信虎の表情を覗き込むように）して、如何なる談合だったので？」
信虎、逍遙軒をちらとみて、再び前を向きしばし無言。
信　虎「まぁ、少し話すのは構わぬじゃろう。委細は、上様からの下知を待ち、その上で、勝頼殿に申しあげようと思っておったが」
逍遙軒、信虎の横顔を見つめる。
信　虎「上様に献策をしたところ、上杉への上使は、謙信と長い因縁のある信玄の父であるわしが相応しいと仰せられ、御内書を頂き、わしは六角次郎殿とまたもや引き返すことになった。じゃが、信長が近江佐和山に布陣しておったため、伊賀を抜け、伊勢を経て、美濃に入った」
逍遙軒「それは、難儀なことでしたな」
信　虎「信長が近江に出陣しておったので、幸いなことに美濃は手薄じゃった。急ぎ、飛騨に入り、越中から越後を目指した」
六角次郎「長い旅路でございましたな」
信　虎「まことにな。（耀を顧みて）お耀も女子の身空で、よくわしに付いてきてくれた」

逍遙軒「不識庵とは、春日山で？」
信　虎「そうじゃ」
逍遙軒「謙信とは、どのような男でありましたでしょうか？」
　　信虎、目を細め、上杉謙信との会談を思い出す。

○越後国春日山城・大広間
テロップ「天正元年六月二日」
N「信虎は、将軍足利義昭の上使として、越後に赴き、初めて上杉謙信と対面した。謙信は、息子信玄に追放された父信虎の境遇に同情していたので、彼を大いに歓待した」
　　多くの重臣が居並ぶなか、信虎と六角次郎が控えている。そこに謙信が登場する。
テロップ「上杉謙信」
上杉謙信「上様の上使をお迎えし、恐悦至極に存じまする。遙か越後までお越しいただき、誠に痛みいります」
信　虎「御屋形様より過分なお言葉を賜り、この無人斎、恐縮いたしております。さて、本日は上様より上杉殿にお伝えいたしたき上意を申し含められ、参上仕った次第。すでに、直江大和守殿に御内書と副状をお渡ししておりますゆえ、あらましはご承知いただけたかと存じまする」
謙　信「上様からの御内書とご重臣の副状、確かに承っております。上様は、この不識庵に、北条・

武田・一向宗と和睦し、逆臣信長を討てとのご上意……」
信虎「して、御屋形様のご真意のほど、お聞かせくださりませ」
謙信、信虎から少し視線を外し、再び目を合わせる。
謙信「ときに、無人斎様は、かの信玄入道の父君であらせられるとか」
信虎「……はい。それがしは、出家前は、武田左京大夫源信虎を名乗っておりました……。もう三十年以上も昔のことです」
謙信「信玄入道は、父を国から追った親不孝者だとは聞き及んでおりましたが。それがしも、あやつにはずいぶんと悩まされて参りました」
信虎「（謙信の真意がみえない）……」
謙信「（信虎の訝しげな表情をみて）あ、いや、信玄入道に悩まされた者として、その父君とこうしてお目にかかれる日が来ようとは、いささか感慨深いものがありましてな」
信虎「ほう……」
謙信「もうお聞き及びかと思いますが、かの信玄入道、病死したとの噂がしきりでしてな。それがしも、初めは信玄得意の流言かと思っておったのですが、どうも今度ばかりはまことらしいと思われまする」
信虎「死んだ……、あの晴信が……」
謙信「織田も、徳川も、噂の実否を確かめようと躍起になっておる様子。実は家康が、駿河に勢《せい》遣《づか》いに及んだところ、武田方はまったく動く気配がなかった由、こちらに知らせて参りました」
信　虎「……ありえぬことじゃ……」
謙　信「さよう、信玄入道が生きておれば、家康が駿河に入ってきたら格好の餌食とばかり、手抜かりなく討ち果たされておったことでしょう。それがないとすると……」
信　虎「死んだか……、やはり……」
謙　信「それがしも、そう感じた次第。しかし、惜しいことを……」
信　虎「惜しい、とは？」
謙　信「かの信玄入道。あれほど憎み、八つ裂きにしても足りぬと思うた相手なれど、思えば信玄ほどの敵には、もはや二度と相まみえることはありますまい。調略、戦の采配、分国のまつりごと、すべてにおいてあれほどの大将は、日本《ひのもと》にはもうおりませぬ。返すがえすも、残念じゃ。もっとあの男がどこまで野心を成就させるか、その手並みを見ていたかったと思うばかりにござる」
信　虎「過分なお言葉、かたじけなく存じます」
謙　信「ほう、そう申されるということは、無人斎様にも、もう信玄への怨みはないと？」
信　虎「いろいろ思うところはあります。心の奥底に、信玄への存念がないといえば嘘になりまする。ですがもし……、本当に死んでいるのであれば、よくぞここまで武田を大きくしたと、餞の言葉をかけてやりたく存じます」
謙　信「よくぞ申された。この不識庵、感服仕った」

二人が少しばかり笑顔になり、すぐに思い直したように信虎が切り出す。

信　虎「さて、恐れながら、本題に戻りたく存じます」

謙　信「これはしたり。つい、私情が入り過ぎました。誠に失礼仕った」

信　虎「いや、なんの」

謙　信「家中の者どもとも談合を重ね申した。それがし一人の思いは、これをお受けしたいと思うが、それがままならぬのが歯がゆいところにござる」

信　虎「と申されますと？」

謙　信「いま、当家は織田とは盟約を結んでおりまする。それを何の理由もなく、ただちに手切れというわけには参りませぬ。それでは義に反する。また、北条や一向宗と和睦せよとの上意は、謹んでお請けいたしたいと存じますが、相手が同意するか見えませぬ。ましてや、氏政は佞人《ねいじん》。かつてわれらとの盟約を一方的に翻したばかりか、様々な約定すらまもらぬ表裏人。あやつだけは、信用できませぬ」

信　虎「武田とは如何にござるか」

謙　信「勝頼は若い。しかも父信玄が勝手に始めた織田・徳川との諍いを、これから一身に背負わねばならぬのが現実。それがしは、信玄入道に怨みこそあれ、勝頼には何の遺恨もない。勝頼が同意するのであれば、当家は武田と盟約をする用意がござる」

信　虎「それは心強い」

謙　信「ただし、先ほど申しあげましたように、当家は織田と盟約の間柄。信長より、勝頼を攻めてくれとの申し入れがあれば、断ることが難しい」
信　虎「それはわかりまする」
謙　信「されど、これだけははっきりと申しあげたい。もし信長が将軍家をないがしろにしたら、それは許さぬと。また、いますぐ上意を奉じることはできませぬが、事情が変われば、必ずこの不識庵はご奉公させていただくことをお約束申しあげる。そしてこれよりは、織田との盟約を見守りつつ、勝頼相手の戦をせぬよう、策をめぐらす所存にござる」
信　虎「ほう、武田とは、今後、事を構えぬと？」
謙　信「さよう。何せ、当家は一向宗や関東の再興に向けて東西に奔走する日々。南の武田が、手出しさえせねば、信越国境は無事にござる。信長に信濃出兵を求められようと、余裕がないと断る口実には、事欠きませぬ」
信　虎「しかと承りました。御屋形様が、上意を奉じられるように、周囲との事情が変わるよう、こちらも奔走させていただきまする」
謙　信「しかと、お頼み申しあげます」

○大島城・客間

信虎が旅装を解き、耀の介添えで着替えをしている。そこへ、逍遥軒が一人の老人を連れてやってくる。

逍遥軒「父上、よろしゅうございますか？」

信　虎「入れ」
逍遥軒「失礼仕ります（部屋に入り、父に一礼しながら）実は引き合わせたき者がおりまして、ここに連れて参りました」
信　虎「誰ぞ？」
逍遥軒「これ、入れ（廊下で障子の陰に控える男に呼びかける）」
日向宗栄《ひなたそうえい》「ははっ。失礼いたしまする」
信虎、入ってきて平伏している老人をまじまじとみつめる。そして、思い出したように、
信　虎「そちは、日向《ひなた》大和守虎頭《とらあき》ではないか？」
日　向「先々代様、お懐かしゅうございます。それがし、かつて目にかけていただきました日向大和守にござりまする。覚えていただき、恐悦至極に存じます。今は出家し、日向玄徳《げんとく》斎宗栄《さいそうえい》と申します。この春より、御屋形様の命により、大島城の物主《ものぬし》を仰せつかりました。これよりは、それがしが逍遥軒様とともに、先々代様の滞在中、お世話をさせていただきまする」
信虎は、何かいいたげであったが、思いとどまったような振る舞い。
信　虎「そうであったか。大儀である。さがってよい」
日　向「ははっ」
日向は平伏し、退出していく。逍遥軒が不安そうな顔をする。逍遥軒の顔を見て、信虎が視線を外しながら呟く。

信　虎「かつての家臣の顔をみると、いろいろ思い出す。思い出すと、余計なことをいいたくなる。それを堪えておるのよ。わしも、もうそんなことはなかろうと思っておったが、この年になっても、堪え性がないと気づかされ、情けなくなるわ」

○大島城・信虎の部屋

N「その晩、信虎は、逍遙軒と日向宗栄を招き寄せ、酒宴を開いた。昔を知る家臣と再会し、思い出話をしたいと思ったからである」

信虎の前に、逍遙軒、日向宗栄が座る。三人の前には膳が置かれている。信虎の脇には、耀が控える。三人は盃を傾けながら、語らう。

信　虎「今宵は、虎頭《とらあき》に会えたこともあり、久しぶりに思い出話がしとうなった。孫六ですら、知らぬことを、この虎頭ならば覚えていよう。ときに、そちは幾つになった？」

日　向「それがし、永正元年子年生まれなれば、今年で七十歳になりまする」

信　虎「そうか、そちもそんなになるか。互いに長命じゃの？」

日　向「ありがたいことでございます。こうして、今も武田家にご奉公出来ているのですから」

信　虎「わしらが若かった頃の甲斐は、ひどい有り様であったな」

日　向「はい。戦のない年はありませなんだ。甲斐の田畠は荒れ、村々は焼かれ、民百姓は塗炭の苦しみにありました。われらの本領は、田が少なく畠ばかりでござりましたゆえ、とりわけ飢える者が多うござった」

信　虎「それをまとめられたことが、わしの誇りじゃ……」
逍遙軒「甲斐をまとめられたのは、確か天文元年のことでありましたな。それがしも、その時のことはよう覚えておりまする」
日　向「甲府の御館で、祝いの酒宴が張られましたな」
信　虎「時に虎頭、わしの母を知っておるか？」
日　向「岩下の方様でござりますな。もちろん、存知あげております。それがしは童でしたので、お会いした覚えはござりませぬが、父虎吉が何度も話を聞かせてくれました。お美しく、お優しい方でございましたそうな」
信　虎「逍遙軒は聞き知っていることは、何かあるか？」
逍遙軒「いえ、それがしもあまり詳しくは存知あげませぬ」
信虎は、母を思い出し、少ししんみりとする。
信　虎「そうよな。母上は、父上よりも前に亡くなられたでな」
二人は、寂しそうに語る信虎をみつめる。
信　虎「わが母は、父信縄《のぶつな》の正室ではなかった。しかも、武田の譜代とはいえ、母の実家岩下家は小さな豪族に過ぎぬ。ゆえに、母も身分が低く、父の寵愛だけが心のよすがであったそうな」
日　向「さればこそ、われらのような分限の小さい者にも、心細やかなお気遣いを下さるお方様であったと、亡き父虎吉より聞き及んでおりまする」

信　虎「そうであったか。わしは母をよく知らぬ。時々、お会いすることが許されるだけであった」
逍遙軒と耀は初めて聞くことであったので、驚いたように信虎をみつめる。
信　虎「父信縄の正室は、お昌の方様であった。お方様は、武田家の宿老《おとな》栗原《くりばら》惣次郎昌種《まさたね》の息女。ながく男子が生まれず、父はお悩みになられていたようだ。そこに、わが母がわしを生んだ。じゃが、母は身分が低い。そこで、五歳の時にお昌の方の養子となり、母とは別々に暮らすこととなった。新しい母上は厳しいお方でな。しかもどこか、わしを憎んでいるのではと思わせるところも多かった」
耀　「まあ、そんな……」
信　虎「そんな時は、まことの母に会いにいったものじゃ。川田の岩下家におられたので、わしは時々泣きつきに行った。だがの、そんな時は母に叱責されたものじゃ。武田家の御屋形になるべき男子が、そのような気弱でどうしますかとな。されど、わしはあるとき気づいた。いつも母の目には光るものがあるのに。母も、わしが可愛くて仕方ないのに、思いのまま甘えさせてやれぬ境遇を悲しんでおられたのだろう」
耀が涙をぬぐう。逍遙軒も視線を落とす。日向も老眼をこする。信虎、酒を一気にあおり、耀に酌を促す。
信　虎「その母も、わしが十三歳の時に身罷《みまか》られた。しかも、お昌の方にもようやく男子に恵まれ、わしには関心が失せたようじゃった」
日　向「その弟君が、勝沼次郎五郎信友様にございますな」

信虎頷く。

日　向「次郎五郎様は、兄想いの聡明な若武者でございました」

信　虎「次郎五郎がいなければ、今の武田はとっく滅びていたやもしれぬ」

逍遙軒「なんと！　それは、如何なることにございますか。そのような話は聞いたことがございませぬが」

信虎、日向の顔をみる。日向、軽く頭を下げ語り出す。

日　向「もう、古い老臣しか知っている者がおらぬことかも知れませぬ。いや、このような話題が出ることは、当時からほとんどなかったこと。なので、逍遙軒様ですら知らぬは道理。実は、お昌の方や実家の栗原家などが次郎五郎様を武田の屋形に担ぎ上げ、信虎公を廃嫡にする企てがあったのです」

逍遙軒、耀、驚く。

信　虎「これは実現寸前まで行ったようなのだ。じゃが、父が烈火の如く怒り、譜代の老臣らを味方につけてこれを押さえ込んだ。父は、家督争いの酷さと悲しさを骨の髄まで悟っておられたからじゃ。お昌の方は遠ざけられ、栗原昌種も野心をその時は納めた。わしが父の跡を継ぐことについては、武田一門や譜代の重臣らが同心し、ここで確固とした道筋がつけられた。だが、それからまもなく母が死に、翌年に追うように父信縄が亡くなられた」

逍遙軒「その時、父上は確か十四歳だったと聞き及んでおりまする」

信　虎「そうじゃ。父が病重篤になったため、急ぎ元服し、五郎信直となった。加冠したわしの
姿をみて、安心したように父は息を引き取った。永正四年のことじゃ」
日　向「それからですな。また甲斐が乱国になったのは……」
信　虎「父が亡くなられた翌年に、叔父の油川信恵《あぶらかわのぶよし》とその一族が挙兵したのだ。これに栗原昌種
を始め、武田一門からも岩手《いわで》縄美《つなよし》ら、さらに都留郡の小山田弥太郎《やたろう》までもが一味となり、
わしに襲いかかった」
日　向「弟君の次郎五郎様は……」
信　虎「あの時のことは忘れぬ。挙兵の知らせが入った時、次郎五郎はわしのところに白装束で
やってきた。そして、自分は兄上とともに逆臣どもを討つ所存。されど、敵には次郎五
郎の縁戚多く、兄上にとってこの私は懸念以外の何者でもなかろう。ならば、この身を
兄に差し出せば、敵が次郎五郎を旗頭にする思惑を潰すことができよう。どうか、戦の
門出に自分を成敗していただきたいと」
逍遥軒「うーーむ、そんなことがあったとは……」
日　向「その様子を、わが父日向虎吉もみておりましてな。生前に他言無用といいながら、何度
も語って聞かせてくれました。それがしも、他言したことはございませぬ」
信　虎「そうであったか」
日　向「それにしても、次郎五郎様もお見事な覚悟と心がけでございますな。それで、油川方の
気勢が削がれ、武田の意気が揚がり、合戦は先々代様の圧勝でございました。油川一門

はほぼ滅亡、栗原昌種も、岩手縄美も、小山田弥太郎も討ち死にいたしました」
日　向「それからというもの、先々代様は周囲を敵に囲まれ、合戦に明け暮れる日々でございました。厄介だったのは、国内の敵の背後に、他国の有力者が控えていたことでござった」
信　虎「そのことよ。甲斐の戦乱を収めるのに二十五年もかかったのには、理由《わけ》がある。当時、わしを倒そうと企んでいた国衆は、北巨摩《こま》の今井、東郡《ひがしごおり》の栗原、西郡の大井、南巨摩の穴山、郡内の小山田であった。このうち、今井は信濃の諏方や大井と、栗原は関東の上杉と、大井・穴山は駿河の今川と、小山田は伊豆・相模の北条とそれぞれ手を結んでいた。誰かと戦うことになれば、その背後の大名とも戦わねばならぬ」
逍遙軒「まさに苦難の日々。お察し申し上げまする。しかれども、それを押しのけ、打ち破ったのは、譜代ら家臣どもの支えもあってのことかと」
信虎、急に眼を怒らせ、逍遙軒を見る。逍遙軒、父の怒りの表情にぎょっとする。
信　虎「愚か者！　あやつらがわしを支えたのは、わしのためでも、武田のためでもないわ！　すべては、自分たちの家と命を守るためだけじゃ！」
逍遙軒「そ、そのようなことは……」
信　虎「そなたも、あの晴信と同じことをいいおる！　何も知らぬ小僧がなにを抜かすか！　わしはな、あの時のことを決して忘れぬ！」

×　　×　　×

フラッシュ

○甲斐川田館・廊下
テロップ「永正五年十二月二十三日・甲斐川田館」
　廊下を歩いてくる少年。
テロップ「武田信虎（十四歳）」
　廊下を歩いている信虎少年の耳に、近くの部屋から多くの大人たちの話し声が聞こえてくる。信虎少年は気になり、足音を忍ばせて、襖越しに聞き耳をたてる。部屋には、六人ほどの家臣が車座で話に花を咲かせている。
家臣1「こたびの戦は大勝利であったな。敵将のほとんどの首を取るとは、前代未聞の戦果じゃ」
家臣2「まことにそのとおりよ。御屋形様はまだ小童《こわっぱ》ながら、戦の才覚がおありのようだ。とても、十四歳の采配ぶりではなかったぞ」
家臣3「まさに。油川勢の右備《みぎぞな》えと中備《なかぞな》えの動きが乱れたのを見逃さずに、旗本に突き崩すよう下知をなされるあたりは、祖父信昌公よりも戦上手かも知れぬ」
家臣4「それだけではないぞ。わしは、御屋形様に坊《ぼう》が峰《みね》の背後に回り込み、合図するまで伏せておれと下知を受けておった。聞けば、この策は、老臣ではなく、御屋形様自ら、油川・栗原勢の布陣の様子をみてご決断された由」
家臣5「すりゃまことか？　おまんらが油川勢の背後を襲ってくれたから、敵の備えが乱れて、こちらの勝利になったのじゃ」
家臣6「そもそも、武田勢は笛吹川《ふえふきがわ》を背に布陣しておった。これは危ういと誰もがお諫めしたぞうだが、御屋形様は背後に大河を控えているからこそ、後ろを気にせず、前の敵に全力であたれるのだと仰ったそうな。しかも敵は、武田勢が大河を背に布陣しているので、戦下手と油断し攻め潰そうと勢いづくであろう。さすれば周りを気にしなくなる。ましてや背後に遠回りしている伏兵がいようとは思うまいとも仰ったそうだぞ」
家臣1「なるほど。だから油川勢は周囲を気にせず、坊が峰を攻め下って来たわけだな？」
家臣2「策が図に当たり、油川勢は大軍にもかかわらず、背後を衝かれ混乱」
家臣3「そこを、旗本が突進して備えを分断」
家臣4「敵がさらに混乱し、狼狽しはじめる」
家臣5「御屋形様が惣攻めを下知」
家臣6「油川・栗原勢は総崩れ」
一同は、合戦を回顧し大いに盛り上がる。信虎少年も外で聞き耳を立てていて、うれしくなる。
家臣1「だが、合戦に勝ったものの、これからも厳しい戦が続くことであろうな」
家臣2「そのことよ。じゃがのう、われらは否が応でも武田に味方せねば立ちゆかぬ」
家臣3「もし敵が勝てば、わしらは一族もろとも皆殺しにあうか、よくても追放じゃ。間違いなく所領は取り上げられ、野垂れ死ぬことになろうな」
家臣4「油川だろうが、今井だろうが、栗原だろうが、武田以外の家が甲斐を取らば、武田の譜代はみな、なで切りじゃ」

家臣5「御屋形様が小童であろうが、わしらが懸命に戦わねば自分の首が危ういからのう」
家臣6「だからといって、一族を挙げてというわけにもいかぬからのう」
家臣1「しっ！　それは表だって言うもんじゃねぇ。皆、わかっていることだし、誰もがやってることだ。身内を敵味方にわけて、生き残った方が家名を残すなんてのは、乱世の習いだからな」
家臣2「わしらが潰されても、敵方の一門が家名を引き継ぐってことか……」
家臣3「そうでなければ、家が危うい。ぜいぜい、小童に忠節を尽くすさ」
家臣4「そうじゃ、そうじゃ。われらは、武田の譜代だからな。武田が生き残らねば、元も子もない」
家臣5「とりあえず、小童ながら、今回の危機は乗り切ったのだからよしと思わねば」
家臣6「もし今回はたまたま偶然だったとして、今後小童が何か失策をしでかすようなことがあったら……、どうなる？」
一同、思案。
家臣1「まぁ、その時は、武田家の宿老《おとな》たちが考えるだろうよ。武田には、正室お昌の方様がお生みになった次郎五郎様もおられるからのぅ」
廊下で立ち聞きしていた信虎少年は衝撃を受ける。そしてその場をそっと離れ、肩を落としながら部屋へ戻っていく。

○大島城・信虎の部屋

信虎の前に、逍遙軒、日向宗栄が座り、信虎の脇には、耀が控える。耀は涙をぬぐっている。

二人は、しんみりと話に耳を傾けている。

信　虎「わしは、あの後、自室に戻ってひたすら泣いた。側室の子で、後ろ楯がいない悲哀は感じていたが、譜代の者どもの支えこそがわしの励みだった。じゃが、譜代たちはおのが家の安泰と一族の繁栄のみを考え、殺されたくない、所領を奪われたくない一心でわしに仕えておったのじゃ」

逍遙軒「そ、それはお考えが行きすぎではございますまいか？　それがしは、父上が永正十一年から十四年にかけて、今川軍に国中《くになか》まで攻め込まれ、一時は恵林寺《えりんじ》に逃げ込むほど追い詰められたのに、譜代の奮闘で立て直したと聞き及んでおりまする。もし譜代が利に敏《さと》ければ、あの時、今川軍に味方した国衆や一部の譜代と同じく、続々と今川に降ったはずではありませぬか？」

信　虎「（逍遙軒の顔をじっとみて）お前は、やはり何も知らぬようじゃな。もはや武田家中では、あの時のことを包み隠さず話す者はおらぬのか……、虎頭、どうじゃ？」

日　向「ははっ……、それがしも、先々代様が何を仰ろうとしておられるのか、思い至りませぬ。申し訳ございません。それがしも、初陣の時で、今川軍と戦うのに必死だったことと、窪八幡《くぼはちまん》神社や大蔵経寺《だいぞうきょうじ》などの神社、仏閣の多くが焼かれた悔しさしか覚えてはおりませぬ」

信　虎「あの戦のきっかけは、覚えておるか？」
日　向「はい、永正十一年に今川勢が河内《かわうち》に兵を入れたこと、でございますね」
信　虎「そうじゃ。あの時は、一門の穴山甲斐守が今川と組んでわしを倒そうと画策し、敵軍を引き入れたのがきっかけじゃ。それに……」
日向は、逍遙軒をちらっとみてから、
日　向「翌永正十二年に西郡の大井信達《のぶさと》が、今川と結んで叛乱を起こしたのでしたな……」
逍遙軒「お祖父様か……」
日　向「先々代様は、大井攻めをすぐさま行い、火種を消し止めようとなさいました」
信　虎「あの大井合戦は、わしの不覚であった。大井の城のまわりをしっかりと調べておかなんだ。まわりが深田で、わが軍勢は足をとられて一敗地《いっぱいち》に塗《まみ》れた。飯富や小山田ら、多くの兵を死なせてしもうた」
日　向「敵は、勢いづき、万力《まんりき》にまで攻め寄せて参りました。先々代様は館を捨てて、恵林寺に退却されたのでした」
信　虎「ところが、今川軍はわしを追い詰めきれなかったのに、勝ちを確信し勝山城に在陣して、武田を滅ぼした後の論功行賞の手配を始めよったのだ」
逍遙軒「そのような状況で、よくぞ勝利を収められましたな。如何なる手配りをなさったのでございますか？　ぜひご教示いただきたく存じまする」
信　虎「虎頭、なぜか知っておるか？」

日　向「いいえ、何も存じませぬ。ただ、今川軍に急に勢いがなくなったことだけしか覚えがございません」

信　虎「そのことよ。なぜ勝利目前の今川軍が勢いを失い、逆にわしに追い詰められたか。それはな、今川に味方した譜代の者たちが、奴らの本音を聞きつけ、その内容があっというまに敵方に寝返っていた国衆どもにまで広まったからじゃ」

逍遙軒「今川の本音？」

逍遙軒、日向をみる。日向、何も知らないと首を横に振る。

信　虎「勝山城の陣中でな、今川の宿老《おとな》朝比奈備中守らが、わしを滅ぼした後のことを酒を飲みながら高声で話していたそうな。武田を滅ぼしたら、武田一門はもちろん、譜代でも身分の上下に関わらず、皆成敗するか追放とし、所領はすべて没収のうえ、今川の御料所とするとな」

逍遙軒「なんと！」

日　向「そ、それはあまりなこと……。知らなんだ……。そんなことがあったとは……」

信　虎「そして、今回活躍した今川家臣には手厚く恩賞として配分するつもりであり、それは御屋形氏親《うじちか》の意向であるとな。これを聞いた武田の譜代たちは、今川に荷担したことを大いに悔いたらしい。これが、あちこちの国衆にも伝わり、敵方であった者が今川との縁を切り、武田方の者は結束を固めることとなった」

耀が、信虎の背に着物をかけ、身体を冷やさぬよう心配りをする。信虎、耀を省みて少しだけ笑顔に。盃を取り、自ら酒を注ぐと、口をつける。

信　虎「形勢は逆転し、今川軍は降参して甲斐を去った。叛いた者たちも続々と帰参し、大井信《のぶ》達《さと》もわしに降った。その時、大井がわしに嫁がせたのが、晴信、信繁、そしてそなたの母よ」

逍遙軒「母上……、もう亡くなってずいぶん経ちまする……」

信虎、それにには反応しない。

信　虎「わしは、この戦で、力のなさを痛感した。そして、自分に心服せぬ譜代や国衆よりも、たとえ利をもって集めたといえど、合戦功者《かっせんこうしゃ》の牢人《ろうにん》どもの力に頼ろうと決意したのじゃ」

逍遙軒「牢人ども。原美濃らでございますな」

信　虎「そうじゃ。原美濃、多田三八《ただ さんぱち》、小畠山城《おばたやましろ》らを雇い、足軽大将《あしがるだいしょう》に任じ、諸国を放浪しておった腕自慢の猛者どもを多数集めて彼らに預け、鍛え上げた。彼らの知行は、今川に通じた者たちの所領を一部召し上げ、さらに村々にも棟別銭《むねべっせん》などを懸けることでひねり出した。このことが、甲斐の家臣や民百姓の反感を買うことは目に見えていた。しかし、それは一時のことじゃ。わが武田の力が強くなれば、他国に所領を拡げ、彼らに報いることもできるようになる」

信虎は次第に興奮してくる。盃をあおっては、自分で注ぎ、悔しい過去を思い起こしている。

逍遙軒「父上、少し控えられませ」

信　虎「うるさい！　甲斐では、わしが悪逆非道だったから晴信に国を追われたと言うておるらしいの。世間では、晴信が天下に聞こえた名大将だともっぱらの評判じゃ。だが考えても見よ。わしが甲斐の乱国を収めていなければ、晴信が信濃にあれほど速やかに出て戦うことなぞできなかったはずじゃ。甲府とて、わしが荒れ地を切り開かせ、心血を注いで作った武田の都じゃ。あれこそ、武田を強くするための試練だったのじゃ」
逍遙軒「甲府が、武田の試練ですと？」
信　虎「そうじゃ。それまでわが武田の館はどこにあった？　祖父信昌公、わが父信縄《のぶつな》、またそれ以前の父祖はどうじゃ？」
逍遙軒「確か、万力や小石和《こいさわ》などであったと承っておりまするが……」
信　虎「そうであろう。いずれも甲斐の東郡《ひがしごおり》じゃ。それがなぜだかわかるか？」
逍遙軒「さて……（困惑し、日向をみる）」
　日向も困惑している。
信　虎「祖父信昌公が攻め平らげたのは、誰ぞ？　油川と結んで、わしを攻めたは誰ぞ？」
日　向「確か、信昌公は跡部《あとべ》を、先々代様は栗原や岩手《いわで》らを……、でございました」
信　虎「そうじゃ。それと武田の本拠があった場所をどうみる？」
　二人とも困惑。
信　虎「二人ともわからぬか。父の正室、わしの義母は誰であったか？」
逍遙軒「お昌の方様……、（思い出したよう）あっ、栗原……」

信　虎「やっと合点《がてん》が行ったか！　わが武田は、東郡に勢力を張った跡部、栗原らに頼って生き延びてきたのじゃ。だからこそ、武田の力が弱まると、彼らのやりたい放題だったのだ。祖父信昌公も、わしの父も、わしも、最初は頼り、やがて幅を利かせるようになった力ある国衆らと戦わざるをえなかったのだ」

日　向「なるほど……」

信　虎「東郡に居たままでは、いつまで経っても栗原らの顔色を窺わねばならぬ。わしは、直参の兵力の充実を待って、永正十六年に甲府を作り、館を移したのじゃ。甲府は、盆地の真ん中。どこにも偏らず、すべてを統《す》べることができる場所じゃ。これで、わしはすべての国衆から間合いを取り、独り立ちすることができるようになった。甲府は栗原らとの訣別を意味したわけじゃ。それはすなわち、甲府を本拠にすえた武田の惣領こそが、甲斐守護の伝統と家格だけでなく、国衆らを超えた力を誇る武家であることを内外に誇示する証左《しようさ》となったのだ」

逍遙軒「確かに……、父上の仰る通りにござる……」

傍らでハラハラしながら様子を窺っていた耀が、信虎に近づき、肩に手を添えて恐る恐る話しかける。

耀　「父上、そろそろ、お休みなさいませ。夜も更けて参りました。今夜はずいぶんとお酒《ささ》をお召しになったご様子。お身体に障りまする。どうか、奥で横におなりに……」

信虎は酔眼を耀に向ける。逍遙軒が得心したことで少し興奮が収まっている。

信　虎「そうか、そうか……、今宵は、過分であったかも知れぬな」

　信虎、立ち上がる。耀、これを支える。逍遙軒、日向が平伏し見送る。信虎と耀が奥に消えた後、逍遙軒が日向に酌をしながら聞く。

逍遙軒「今宵のこと、誰にも聞いたことがなかった話ばかりじゃ」

日　向「まことに。拙者も初耳のことどもにて、いささか驚き申した」

逍遙軒「父上には、父上なりの言い分が、道理があったのだな」

日　向「はい……」

逍遙軒「わしらには、まだ知るよしもない父上の存念がたくさんあるようだな……」

○大島城・信虎の居間

テロップ「天正元年七月一日」

　居間で、甲賀衆が信虎に書状を手渡す。それを一読して、信虎は驚いた表情。

N「天正元年七月初め、信虎のもとに、山城国に在国していた将軍足利義昭からの書状が届いた」

　信虎の様子に尋常でない事態が起きたことを察知し、六角次郎、逍遙軒、日向宗栄が緊張した面持ちで様子を窺っている。

六角次郎「上様からは、何と?」

信　虎「信長追討のために、七月三日に山城国槇島城《まきのしまじょう》にて挙兵するそうな。早まったことを……（悔しそう）」

六角次郎「まだ、諸大名が上様を奉じて動く支度が調ってはおりませぬ」

信虎、耀を省みる。

信　虎「畿内の地図を持て」

耀　「かしこまりました」（耀、部屋から出て行く）

信　虎「上様は、本願寺、三好、松永らと密約が成就したと仰せじゃ。また朝倉、浅井も協力するとのことで、畿内近国の味方を糾合して信長を打倒する決意らしい。だがそれでも心許ない。毛利や武田、上杉の支援がなければ成就は見込めぬわ」

耀が、地図を持って部屋に戻ってくる。信虎、それを拡げる。六角次郎が扇子で、鯰江城を差しながら語り出す。

六角次郎「わが父も、いまなおこの鯰江城を保っておりまする。これで京都と近江の連絡路の一部を塞ぐことに成功しておりまする。本願寺や三好、浅井、朝倉が手を携えれば、父も甲賀衆とともにこれに合流することでしょう。何とかなるのではございませぬか？」

信　虎「甘い。信長の兵力を分散させ、織田勢をそれぞれの場所で殲滅しながら、一挙に美濃に乱入せねば見込みは薄い。信長のもとにそれなりの兵力があるようなら、逆に一つずつ討たれる恐れがある」

信虎は、逍遙軒をきっと睨み、言い放つ。

信　虎「孫六、いったいいつになったら、御屋形様に会えるのだ？　お前がもたもたしているから、この有り様じゃ」

逍遙軒「ははっ、申し訳もございませぬ」
信　虎「勝頼との面談も実現させられぬとは、呆れたものじゃ。それでよく武田の御一門衆で居られるな。いま必要なのは、武田が織田と戦うべく美濃に攻め込むことじゃ。さすれば、信長は畿内や北陸に全力で当たることができぬ。その間、浅井・朝倉、六角、甲賀、伊賀衆が近江を、上様が山城を、松永が大和を、三好と本願寺が摂河泉《せっかせん》と紀州を握れば、織田の勢力を美濃・尾張・伊勢に封じ込めることができよう」
六角次郎「伊勢はいかがにございましょうか？」
信　虎「伊勢は、長島の一向宗門徒が健在じゃ。それに北畠《きたばたけ》殿も、織田に国を押さえられているとはいえ、反抗の火種はある。場合によっては、伊勢にも火がつくであろう。ええい、じれったい。武田は何をしておるのか。家中に知恵の回る者はおらんのか！」
逍遙軒が、自分が叱責されているように首をすくめ、小さくなっている。

○高遠城下・信虎屋敷の居間
N「その後、信虎を落胆させる知らせが相次いだ。七月、将軍義招は挙兵したものの信長に敗れ、河内に逃れた。その直後の八月、信長は越前に攻め入り朝倉義景を、さらに九月には近江の浅井長政をまたたくまに滅ぼし、当面の危機を脱したのである」
信虎の前に、逍遙軒、六角次郎。耀が傍らに控える。
信　虎「もしや、信長め、わざと上様が挙兵するよう仕向けていたやも知れぬ。あまりにも、手際が良すぎる。近江の六角や甲賀衆、山城の上様の押さえに佐久間らを派遣し、信長自らは本隊を率い、一部を浅井の押さえに残したうえで、越前に乱入する。朝倉という大身を確実に仕留めた後に、ゆっくりと一つずつ相手を潰していくやり方。敵ながらあっぱれじゃ」

六角次郎「口惜しゅうございます」

信　虎「信長のやり方、これは、わしがかつて用いた軍略と同じよ」

逍遙軒、六角は意外な面持ちで信虎をみる。

信　虎「甲府を作り上げた時、わしは同時に、栗原、今井、大井らの力を削ぐ計画を立てていた。まずは、誰が敵で、誰が味方かを見極めるべく、甲斐のすべての国衆に甲府で屋敷を作らせ、そこに妻子とともに住むよう命じた。最初は皆、これに応じたが、案の定、栗原、今井、大井は不満として甲府を退去し、謀叛を起こしたわ」

逍遙軒「それは確か、甲府移転の翌年、永正十七年のことでしたか？」

信　虎「そうじゃ。わしは、ここぞとばかりに育て上げた軍勢を三つに分け、奴らのもとに攻め込ませた。あやつらの失策は、三者が合流しなかったことよ。それぞれが、自分の城で兵を挙げおった。総兵力でもこちらがすでに三人の軍勢をあわせても倍以上の兵力があった。余裕をもった戦ができ、一つずつ潰すのはたやすいことであった。信長のやり口と似ておるであろうが」

逍遙軒「確かに……」

信　虎「上様は信長を甘く見過ぎたようじゃ。せめて兵力を結集し、挟み撃ちにする軍略が実現できたならば、もう少し事情は違っていたろうに」

逍遙軒らが、下を向く。

信　虎「かくなるうえは、この武田が動き出すしかあるまい。天下の流れを変えることができるのは、武田しかない。孫六！　御屋形様とはいつ会えるのじゃ。わしは、先々代である以前に、上様の上使でもあるのだぞ！」

逍遙軒「い、今しばらくのご猶予を。何せ、三河で家康が動き出しておりまして、甲府は出陣の支度でごったがえしておりますれば」

信　虎「家康か……、小癪な」

逍遙軒「それがしにも、出陣の下知が下っておりますれば、しばし御免蒙ります」

信　虎「そうか、出陣か、励めよ」

逍遙軒「ははっ」

○高遠城下・信虎屋敷の廊下

N「その後も、武田家は相次ぐ出陣で慌ただしく、信虎と勝頼の対面はなかなか実現しなかった」

紅葉に染まった山々と庭をぼっと眺める信虎。茶碗で茶を飲むが、突然それを庭にたたきつけ、いらだちを隠せない。

○高遠城下・信虎屋敷の居間

N「逍遙軒は、父をなだめるべく屋敷に日参し、やがてその寿像を描き始めた。信虎にとっても、初めての肖像画ということもあり、幾分気分も和らいだようであった」

信虎が団扇を手に持ち、ポーズを取る。時々おどけてみせ、耀を笑わせる。逍遙軒が、その姿を下絵としてスケッチする。

○地図・信濃・美濃・三河国境

N「明けて天正二年一月下旬、武田勝頼は東美濃に出陣し、織田方の諸城を攻めた。武田軍の勢いはすさまじく、十八もの城を攻略した。信長も岐阜を出陣したが、武田軍に手出しできず、拠点が攻め落とされるのを傍観するしかなかった」

　上機嫌の信虎。

N「信虎も、武田軍がいよいよ美濃に攻め入ったことに満足した。そして、一刻も早く岐阜に攻め入ることを期待するようになった」

○行軍する武田軍

　馬に乗る武田勝頼。多数の軍兵に守られている。

N「武田勝頼は東美濃からの帰途、遂に祖父信虎と、高遠城にて対面することを決めた」

○高遠城下・信虎屋敷の居間

テロップ「天正二年二月十日」

信虎が、耀の介添えで着物を調え、袈裟をまとい、出掛ける準備をしている。武士2が、居間の表の廊下を警固している。

N「この日、遂に武田勝頼と信虎の対面が、高遠城本曲輪《ほんぐるわ》の広間で行われることとなった」

武士1が廊下を歩き、信虎の居間に近づく。

武士1「申しあげます」

信　虎「うむ」

武士1「御屋形様の御使者長坂釣閑斎《ながさかちょうかんさい》様が、お見えになりました。お迎えに参上した由にござりまする」

信　虎「よし、通せ」

武士1「ははっ」（退出していく）

信　虎「（耀に向かって）いよいよ孫と対面じゃ。そしてわしらは、甲府に行けるぞ」

耀　「はい、父上が夢にまでみた甲府に戻れるのですね。わたくしも、父上が精魂込めて作り上げた武田の都を、早く拝見したいものでございます」

信　虎「うむ、そうか……はははっ」

信虎はいつになく上機嫌。黒い漆塗りの文箱を耀に持たせ、武士2に命じて、太刀を持たせた。すると、六十歳過ぎの老人が、武士1に案内されやってくる。

武士1、老人が廊下に座り控える。

武士1「申しあげます。長坂釣閑斎様をお連れいたしました」

信　虎「うむ。長坂、入れ」

長　坂「ははっ」（長坂、居間に入り平伏）

テロップ「長坂釣閑斎光堅《こうけん》（勝頼の側近）」

長　坂「長坂釣閑斎光堅《ちょうかんさいこうけん》、御屋形様の使者として罷り越しました。これより先々代様を、高遠城へご案内致したく存じまする」

信　虎「大儀であった。面を上げよ」

長坂、顔を上げる。緊張した表情。

信　虎「おお、やはりのう。そなた、長坂大炊助虎房《おおいのすけとらふさ》であろう」

長　坂「ははっ。仰せの通りにございます。お懐かしゅうございます」

信　虎「そなたは、晴信が幼少の時につけた上条局《かみじょうのつぼね》の弟であったな。見所があったので、旗本に取り立て、わしの一字をくれてやったはずじゃ」

長　坂「先々代様には、数々の御恩を賜りました」

信　虎「それが、いまの屋形の側近とは。ずいぶんな出頭人《しゅっとうにん》ぶりだそうな」

長　坂「（少し戸惑った顔をして）いいえ、滅相もございません。ただ、ひたすら御屋形様へのご奉公に励むばかりでございます」

信　虎「まあよい。では、いざ、案内を頼むぞ」

長　坂「ははっ」
　長坂は一礼すると立ち上がり、ゆっくりと廊下を出て行く。信虎がそれに続き、武士1、
武士2、耀が後を追う。

○高遠城本曲輪・大広間

　山県昌景、原昌胤、内藤昌秀、馬場信春、春日虎綱、小山田信茂、穴山信君、一条信龍、武田信実ら、錚々たる重臣と武田一門が居並び、信虎の到着を待っている。大広間は大人数で立錐の余地もないほど。家臣たちの座る広間の中央には、人が通れる道が出来ている。
　上座には、敷物が二つ用意してあり、それが信虎と勝頼のためのものであることがわかる。
　上座の横から、跡部大炊助勝資が現れる。

テロップ「跡部勝資（勝頼の側近）」

跡　部「御屋形様が、出座されます」
　全員、平伏。そこへ、武田勝頼が姿を現し、上座に座る。
勝　頼「皆の者、大儀である」
　全員、顔を上げる。
勝　頼「まもなく、先々代様がお出ましになられる。（広間を見渡し、念を押すように）くれぐれも、粗相のないように」
　全員、再び一礼し、もとに直る。そこへ、広間の後方より長坂釣閑斎が姿を現し、大広間の

中央に出来ていた道の入口に平伏。

長　坂「御屋形様に申しあげます。先々代様が、お出ましになられました」

居並ぶ家臣らは、中央の道に体を向け、平伏。勝頼は、立ち上がって上座から下り、信虎を待つ。すると、信虎が静かに入ってくる。いささか緊張ぎみ。

信虎は、居並ぶ家臣の様子を見ながら、おずおずと上座に近づく。勝頼が頭を下げて待っている。

勝　頼「先々代様、ようこそお越し下されました。さあ、どうぞこちらに（上座の向かって左に信虎を招く）」

信　虎「いやいや、武田の御屋形様より上座に座るわけには参りませぬ。それがしは、こちらで結構でございます。同じ上座に座らせていただくことすら、僭越と心得ますに。お心遣いをいただき、痛み入りまする」

信虎、上座の向かって左に座る。勝頼、一礼して右の敷物に腰を下ろす。双方は、向き合って対面する。

勝　頼「初めてお目にかかります。武田大膳大夫源勝頼にございます。先々代様の孫でございますれば、どうぞ気安くお頼りいただければと存じます」

信　虎「ごていねいなご挨拶を賜り、恐悦至極に存ずる。武田の家を出て、三十余年。久しぶりに故郷に近づき、胸を躍らせておるところにござる。道すがら、伊那の村々や街道筋、宿場、城や砦などを拝見したが、荒れた土地も、焼かれた村も、破却された荒れ城もなく、まことに平穏で民百姓が安堵している様子がよくわかり申した。荒れ果てた畿内とは雲泥の差。これも、武田の威徳によるものと、この老骨は感服いたしましたぞ」

勝　頼「これは、過分のお言葉を賜り、嬉しきことこの上なく思いまする」

信　虎「ときに、御屋形様。わしは三十年以上も外の世界におりましたゆえ、御屋形様の尊顔を拝するのも初めてならば、ここにいる家中の面々をみても、知った顔があまりないように感じられます」

勝　頼「はい」

信　虎「いろいろ、お尋ねをしたいが、よろしいか？」

勝　頼「もちろんです。なんなりと、ご下問くださりませ」

信　虎「ならば、御屋形様のご生母は、どなたでございますかな？」

このいきなりの質問に、勝頼はいささか表情を固くした。それ以上に、側近の跡部・長坂は露骨に嫌な顔をした。

勝　頼「それがしの母は、諏方《すわ》刑部少輔《ぎょうぶのしょうゆう》頼重《よりしげ》の息女にございまする」

信　虎「なに？　諏方大祝《おおほうり》のご息女とな？　では、三条の方様ではなかったのですな？」

跡部、長坂は何を今更という顔をしている。重臣や一門衆らは表情を固くし、ハラハラしている様子。勝頼は表情を崩さずに返答する。

勝　頼「先々代様には、知らされておらなんだご様子。わが母は、父信玄の側室となり、それがしを生み申した。残念なことに、若くして身罷《みまか》りましたが、それがしが諏方家を継ぎ、再興することだけを最後まで願うておりました」

信　虎「ほう……、では、御屋形様は武田の男子ではなく、諏方の男子であられるというわけでござるか？　ならば合点《がてん》が行き申した。諱《いみな》に信《しん》ではなく、頼《らい》が付いているのは、それゆえなのでござるな？」

勝　頼「（表情を変えず）御意にございます」

信　虎「では何故に、武田の御屋形様におなり遊ばしたのに、諱《いみな》をお変えになりませぬのか？」

この質問は、家中の人々をさらに困惑させた。互いに顔を見合わせたり、下を向いたり、狼狽の様子がありありとわかる。勝頼もさすがに苦笑いをしている。

跡　部「恐れながら、先々代様がお戻りになられた趣旨を、このあたりでぜひとも、われら家中の者どもにお聞かせ願えませぬか？」

信虎、少しきっとなって跡部を見る。

信　虎「そなたは、どこかで見たことがある」

跡　部「恐れいりまする。申し遅れました。それがし、跡部大炊助勝資と申します」

信　虎「おお、思い出した。攀桂斎祖慶《はんけいさいそけい》の息子又八郎《またはちろう》ではないか？」

跡　部「はい。覚えていただき、ありがたく存じまする」

信　虎「そなたのことは、他国にも聞こえておるぞ。ずいぶんな出頭《しゅっとう》ぶりだそうな」

跡　部「ははっ」（思わず頭を下げる）

信　虎「じゃがのう、跡部が武田家中で出頭しだすと、国が乱れるというのが、わが父祖以来の教訓でのう。老婆心ながら、御屋形様、心に留めてくだされ」

跡部、顔を真っ赤にする。長坂は青ざめる。重臣らは、跡部の顔をみて、冷笑を漏らす。勝頼、少し戸惑いの表情。

長　坂「せ、先々代様は、将軍義昭公より上意を申し含められ、当家にお戻りになった由、承っておりまする……」

信　虎「おお、そうでありましたな。つい、話が逸れてしまって。年はとりたくないものじゃ」

信虎は、耀を顧みて、

信　虎「文箱をこれに」

耀、文箱を捧げ持ちながら、末席から道を歩いて跡部に手渡す。跡部、にじり寄り、信虎に渋い表情のまま手渡す。信虎、跡部に冷笑を向けながら受け取る。

信虎、文箱の紐をほどきながら、

信　虎「上様は、御屋形様に上意を奉じ、岐阜に攻め込み、織田を退治し、御公儀再興に尽力して欲しいとのことにござりまする」

勝　頼「そのことは、叔父逍遙軒より伝え聞いておりまする。また、過日、将軍様より御内書を拝受いたしました。そこにも、まもなく畿内に攻め込む用意をしているので、合力して欲しいとあり申した」

信　虎「ほう……、して御屋形様は如何にお考えか？」

勝　頼「すでに浅井、朝倉は亡く、大和の松永も信長に降参した由。また甲賀に逃れた六角殿も苦戦しておるとのこと。これで、畿内近国の味方中はほぼ総崩れにござる。今となっては味方中は極めて不利にござる。しばらくは、様子をみるほかはなしと心得ます」

信　虎「様子を見るとな。では、どうなれば武田が動けるとお考えか?」

勝　頼「信長は、上杉と盟約を結んでおり、当家をしきりに牽制しております。また北条も上杉や佐竹らと関東で連年に及ぶ戦が続き、氏政と当家の盟約が信長、家康に向けられる余裕はない様子。一向宗門徒も、越前、加賀、伊勢長島などが孤立しかけており、なかなか難儀しておりまする。われらが動くとすれば、信長が本願寺や三好と戦うべく、西に大手を振り向けた時しかござらぬ。もしくは、織田や徳川方より有力な内通者が出た時」

信　虎「ほう、それは面白い。では内通者が出る見通しがおありか?」

勝　頼「それは何とも申しあげられませぬ。ですが、その努力を怠ってはおりませぬ」

信　虎「上様は、いま紀州にて味方を募り、上洛の支度に余念がありませぬ。上様から、西上の要請が来たならば、ただちに武田は岐阜に向けて攻め込んでいただきたい」

勝　頼「もちろん、先ほど申しあげました通り、われらを取り巻く様子が変われば……」

信　虎「変われば……ではなく、変えるのです」

勝　頼「(いぶかしげに)は?……と申されますと?……」

信　虎「御屋形様が、まず率先して上意を奉じる姿勢を内外に示されませ。そして上杉と北条、上杉と一向宗門徒、北条と佐竹ら東方の衆との和睦斡旋と、上意が到来した際の攻め口の手筈を調えるのです」

家中の全員が、まるで夢物語のような妄想に驚いている。勝頼も戸惑う。

勝　頼「恐れながら、それは夢物語の類ではございますまいか。そうした和睦仲介のご命令は、これまでの将軍様も何度も試みては実現いたしませなんだ。それを、いまこの武田が上様とともに試みても、誰も納得しますまい」

信虎、勝頼の目をじっとみつめる。家中の人々は様子がおかしいと注目。

信　虎「……夢物語……じゃと?……」

勝頼、静かに頷く。

信　虎「じゃが、不識庵は承知したぞ」

勝頼、家中の人々驚愕。場がどよめく。

跡　部「け、謙信が承知したと⁉」

長　坂「ま、まさか！」

信　虎「そのまさかよ」

×　　×　　×

フラッシュ

○越後国春日山城・大広間
テロップ「天正元年六月二日夜」
テロップ「越後春日山城」
上杉謙信、直江実綱と信虎が密談している。
信　虎「お人払いのわがままをお聞き届け下さり、感謝申しあげまする」
謙　信「いやなんの。腹蔵なくお話ししたいことがおありのようなので、応じたまで。それがしも、武田殿に興味がありましてな」
信　虎「さて、なんのことやら」
直　江「して、まことの御用向きとは?」
謙　信「これ、大和守、無粋ではないか」
信　虎「いや、なんのなんの。ちょっともったいぶってしまったようで。実は、昼間お話しさせていただいたことには、続きがあるのでござる」
謙　信「ほう……」
信　虎「御屋形様が、上意を奉じられるよう、北条・武田・一向宗との和睦、さらに北条と佐竹ら東方の衆との和睦を実現させまする。その上で、上杉、武田、北条、一向宗門徒、毛利、三好らが大連合を組み、上様の合図とともに逆臣信長を討つべく、一気に織田領へ襲いかかるのが、この策の狙いでござる。そして御公儀再興を果たすのが宿願」
直　江「壮大な夢物語でござるが、いったいどうやって実現させる御所存か?」

直江の表情に冷笑が浮かぶ。謙信も少し当惑している。

信　虎「そのための用意は、調えてござる。あとは、御屋形様が承知し、起請文を作成していただけば前に進むというもの」

直　江「御屋形様に起請文を？……してその用意とはいったい」

信虎、傍らの文箱を開き、中から一通の書状を取り出す。

謙　信「……これは？」

信　虎「女房奉書でござる」

謙信と直江の顔色が変わる。信虎、謙信の方に女房奉書を押しやりながら、

信　虎「これは、天子様から御屋形様への仰せにござる。天子様は、上様と信長が手を携え戦国乱世を終息させることに期待を寄せておられました。じゃが、信長は天下静謐《せいひつ》のつとめを果たせず、敵を多く作る有り様。むしろ天下戦国の火種を振りまいている始末。このことに、天子様は宸襟《しんきん》を痛めておられます」

謙信、座り直し、押し頂いてから貪るように女房奉書を読んでいる。直江も、傍らで息を呑む。

信　虎「天子様は、戦国を終わらせるためには、将軍様に協力を惜しまぬと畏くも申されておられる由。ありがたいことではござりませぬか」

謙　信「（驚きと興奮を隠せぬ様子で）天子様のご宸襟は、しかとこの不識庵、承り申した。されど、なぜ武田殿が天子様よりの女房奉書を、しかも拙者に宛てたものを持っておられるの

か？　また朝廷のご意向を、何故そこまで詳しく存じ上げておられるのか？」
信　虎「それがしの娘は、公家の菊亭晴季に嫁いでおりましてな。また近衛殿や山科殿、飛鳥井殿ら公家衆とは、二十年に及ぶ交流がありまする。上様とそれがしが働きかけ、まず公家衆の賛意を得ました。信長では、京の静謐《せいひつ》すら覚束ないと、皆が思い知っておりましたのでな」
謙　信「菊亭殿や近衛殿らが動いたと……」
信　虎「はい。それだけではありませぬぞ。上杉殿のご懸念を拭うためにも、次はこれを御覧遊ばされませ」
信虎は、文箱からまた一つの文書を取り出し、謙信の方に押しやる。謙信、これを開き、眼を剥いて驚く。
謙　信「こ、これは⁉」
信　虎「さよう、本願寺顕如殿の起請文にござりまする。天子様の宸襟と、上様の上意を承り、上杉殿と和睦、盟約を結び、信長と戦うとの内容。よく御覧下され。越前、加賀、能登、越中の一向宗門徒に、上杉殿との和睦、盟約だけでなく、戦陣を共にし相備として織田と戦うと明記されておりまする」
直　江「こ、こんなことが、まさか実現するとは……」
信　虎「それだけではありませんぞ」
謙　信「まだ何かおありか？」

信　虎「もちろんです」

　文箱から次々に文書を取り出す。

信　虎「これが、北条左京大夫殿からの起請文。上杉殿や佐竹殿らと矛を収め、分国の境目を今のまま動かさぬとの誓約が明記されており、その上で上意を奉じるとありまする。そしてこちらが佐竹常陸介ら東方の衆の起請文。これには、北条との停戦と境目を動かさぬことを誓うとありまする」

謙　信「うーむ」

信　虎「これで、御屋形様のご懸念はほぼ解消されたはず」

謙　信「確かに、これならば……」

信　虎「おお、そうじゃ。忘れるところでした。上杉、武田、北条、本願寺、毛利が手を結んだとしても、烏合の衆では信長には勝てませぬ。そこで、皆が心を一つにする拠り所の支度も整えてございますぞ」

謙　信「何と！　そ、それは何でござるか？」

　信虎、文箱から文書を二通取り出し、謙信に差し出す。謙信、これをみてさらに驚く。

謙　信「おお！　御旗御免《みはたごめん》の綸旨《りんじ》と治罰《じばつ》の綸旨ではござらぬか！」

信　虎「さよう。天子様は、朝敵信長を討つ人々に、御旗と敵追討の証文を下されると約束してくだされました。これらは、将軍義昭公を通じて、味方中の大名に下賜されまする。信長追討の軍勢には、天子様の御旗が掲げられるのですぞ」

謙信、呆然と文書に見入っている。

信　虎「それでは、御屋形様、恐れながら、午王《ごおう》を翻《ひるがえ》していただけまするか。上杉殿の起請文も揃えば、他の大名どもを説き伏せるのは容易《たやす》きこと。ぜひわれらに、お力添えをお願いいたしたい」

謙　信「承知した。すぐに起請文を認《したた》めましょう。して、その後の手配りは如何に？」

信　虎「上様より、逐一、使者が遣わされ、盟約の進み具合と挙兵の日限が詰められることでしょう。それがしは、御屋形様の起請文を受け取り次第、武田勝頼のもとへ参り、武田の説得にあたりまする」

謙　信「何卒、よしなにお願い申しあげる。当家は、しばらく信長と盟約を続ける擬態《ぎたい》を取り、時を稼ぎまする」

信　虎「ご安心を。こちらには、上様ばかりか、天子様もついておられるのですから」

信虎、満面の笑みで謙信に一礼。

○高遠城本曲輪・大広間

信虎の表情を、勝頼以下、武田家中の全員が驚きと畏怖の念をもって見守っている。勝頼の目の前には、謙信に見せた文書類と、あらたに加わった謙信の起請文が置かれている。

信　虎「御屋形様、如何ですかな？　それがしは、武田に帰参するための土産として、これだけのものを用意させていただきました。これが成就すれば、武田家は御公儀再興の一番の功労者。そればかりか、天子様に戦国乱世を治めた手柄を認定していただけるのですぞ。これが武田家が勅命を奉じ、上杉、毛利らとともに乱世をまとめあげる軸となること。これがわしの信長打倒と武田の家運向上のための、奥の手じゃ。あとは、御屋形様が決断なされ、動き出されれば山は動き出すはず」

勝　頼「さ、されど、これらの書状や起請文だけでは覚束ない。ましてや、謙信は北陸の一行宗門徒や、北条との戦いを止めてはおりませぬ。むしろ、謙信の起請文の方が擬態とも思えまするぞ」

信　虎「何を愚かなことを。千載一遇の機会なのじゃぞ！　そちは武田の屋形として、天下にその名を響かせとうはないのか」

勝　頼「これはしたり。それがし、ついこの前までは、東美濃の明知城をはじめとする十八の敵城を攻め落とし、岐阜攻めの足がかりを築いてきたばかりですぞ。ところが、謙信が上野に出兵してきたとの知らせを受けたので、やむなく伊那まで撤退したのです。これでも謙信を信じよと申されまするか？」

信　虎「謙信が出兵してきたのは、上野の武田領であったか？」

勝　頼「いえ、それは違いまする。北条方の領国でございました」

信　虎「それみよ。謙信は、武田とは事を構えぬとの約定を守っておるではないか」

勝　頼「いずれにしましても、あまりにも突飛な話にて慎重に事を見極めねばなりませぬ。いまここで態度を鮮明にすることはできませせぬ」

信　虎「何をそんなに遠慮なさっておられるのか？　武田の屋形なれば、重臣や一門衆がなんといおうと、自らの考えを押し通すことも出来るはず。それとも、誰ぞ、御屋形様の手足を引っ張る輩がおるとでも申されるか？」

信虎は、上座から居並ぶ重臣や一門衆の顔ぶれをまじまじと眺めた。信虎は、何人かの顔に見覚えがあるようだったが誰かはしかとはわからないようだ。

信　虎「御屋形様、この者はどなたかな？」

勝　頼「おお、これは失礼をいたしました。一門衆や重臣らを紹介するのを失念しておりました。

（跡部を振り返り、促す）これ」

跡　部「ははっ。それでは、こちらから名乗らせていただきまする」（左前列から一人ずつ自己紹介が始まる）

一　条「一条右衛門大夫信龍《いちじょううえもんのだいぶのぶたつ》にござる。お父上、お久しゅうございます」

河　窪「河窪兵庫助信実《かわくぼひょうごのすけのぶざね》にござる。お父上、ご無沙汰しておりまする」

穴　山「穴山玄蕃頭信君《あなやまげんばのかみのぶただ》にござる。初めてお目にかかります。以後お見知りおきを」

信虎は、一門衆の挨拶になんの関心も示さなかった。じっと見据えてはいたが、返礼をすることも、言葉をかけることもなかった。

山　県「山県三郎兵衛尉昌景《やまがたさぶろうびょうえのじょうまさかげ》にござる。それがしは、大井合戦で討ち死にした飯富道悦《おぶどうえつ》の息子にござりまする」

信　虎「おお！　そなたは、かの飯富兵部《おぶひょうぶ》の弟か。兵部は武骨で反骨心の強い男であったが、頼りになる重臣であった。誠に惜しいことをした。それも、信玄の家中の仕置きが悪かったからじゃ。あたら忠臣を死に追いやるとは」

山県は平伏したまま答えない。

馬場「馬場《ばば》美濃守信春《みののかみのぶはる》にござる」

信虎「そなたは、馬場伊豆守虎貞《いずのかみとらさだ》の縁者であるか？」

馬場「いいえ。それがしは、教来石民部《きょうらいしみんぶ》と名乗っていた武川衆《むかわしゅう》の者にて、信玄公より馬場の名跡《みょうせき》を継ぐよう申し付けられ、馬場を名乗っておりまする」

信虎「なに？　そなたは、武川衆の侍か？　村の土豪《どごう》が武田家の宿老《おとな》を継ぐとはいやはや呆れたものだ。これでは、武田の重臣の格が落ちるというものじゃ」

馬場は赤面したまま平伏している。

春日「春日弾正忠虎綱《かすがだんじょうのじょうとらつな》にござる」

信虎「はて？　武田の譜代の重臣に、春日なる者がいたか？　そなたはどこの家の者じゃ？」

春日「それがしは、石和の春日大隅《かすがおおすみ》のせがれにて、信玄公に引き立てられ、信濃国更級郡香坂《こうさか》の名跡を継ぎ、香坂弾正と称しておりました。後に、もとの春日に戻り、いまは川中島の海津城代を仰せつかっておりまする」

信虎「なんと、そなたは侍ではなかったということか。それを重臣に取り立てるとは。武田家に人がいないと内外に喧伝するようなものではないか」

内藤「内藤修理亮昌秀《ないとうしゅりのすけまさひで》にござる」

信　虎「わしはそちに見覚えがある。内藤相模守《さがみのかみ》には確か男子がなく、断絶したはずじゃが」

内藤は、信虎を鋭い眼光で睨みながら名乗る。

内　藤「それがしは、かつて工藤源左衛門尉《くどうげんざえもんのじょう》と名乗っておりました」

信　虎「工藤とな？　おお、だから見覚えがあったのか」

跡　部「これで家中の名乗りはすべて終わりましてございます」

勝頼頷く。

信　虎「ここに居並ぶ信玄子飼いの宿老どもが、もしや御屋形様を側室の子、諏方の人などと軽んじているのではありますまいか？」

勝頼、困惑した表情。重臣たちは顔色を変える。

信　虎「わしは、やせても枯れても武田家の先々代じゃ。勝頼公を、武田家の御屋形様に相応しいと後押しをすることもできる」

長　坂「それは、どういうことでござりますか？」

信　虎「勝頼公は、御旗・楯無を受け継いでおられるはず。されど、噂によれば、武田家重代の旗などは許されなんだと聞き及ぶがまことかの？」

勝頼が思わず目を逸らす。長坂が慌てて口を挟む。

長　坂「それは虚報にござる。陣中で使用しないというだけにて、御屋形様はそれらを受け継ぎ、奉じておられまする」

信　虎「まあよい。わしは、勝頼公を武田家の御屋形様に相応しいと思うておるゆえ、その証を進呈いたすことにしよう」

信虎、耀に目配せをする。耀は頷き、廊下に出て控えている武士を促す。武士1が押板の上に太刀を載せて、これを捧げながら上座に近づく。跡部がこれを引き取り、信虎の前に置く。

信　虎「御屋形様、これは武田家重代の宝刀左文字にござる。これは、甲斐を出るときに持参していたもの。信玄もこれだけは継承できなんだ重宝にござる。これを御屋形様に進呈いたそう」

勝　頼「これは、何とお礼を申しあげてよいか」

信　虎「これを受け取ることで、勝頼公は信玄も揃えることが出来なかった武田家の重宝すべてを引き継ぐ、わし以来の御屋形様というわけじゃ。勝頼公は、信玄をも凌ぐ御屋形様になったと誰もが認めるであろう」

勝　頼「ありがたき仕合わせにございまする」

勝頼は平伏したものの、複雑な気持ちであった。

するとと信虎は、老人とは思えぬ素早さで太刀を抜き、白刃を掲げて、

信　虎「この見事な刃紋と反りを御覧あれ。切れ味も抜群でありますぞ」

勝頼の面前で刀が抜かれたので、一同驚き、腰を上げる。勝頼も思わず身構え、わずかに右手を脇差しの方に移動させる。

信　虎「この刀で五十人あまりを手討ちにしたが、その中には、そこに控える内藤修理の兄を袈

袈裟懸けに斬ったこともある。内藤相模守も、馬場伊豆守もみなこれで斬った」
これには家中の面々も憤りを隠せない。内藤は一歩前に出ようとして隣の馬場と春日に止められた。
内　藤「先々代様とはいえ、あまりの雑言。黙ってはおれませぬぞ」
信　虎「ならばどうする？　わしを斬るか？」
内藤、ぐっと詰まる。信虎の気が内藤に向いている間に、小笠原憩庵が上座にそっと上がり、信虎と勝頼の間に入り、勝頼の楯になる。
長　坂「恐れながら、先々代様は、そうした荒々しいお振る舞いが災いして、信玄公から国を追われたのではございますまいか」
信　虎「黙れ！　ならば聞こう。わしは気が触れたから家臣を成敗したと申すか？　内藤、そなたの兄はなぜ斬られたか知っておるか？」
内　藤「それは、先々代を諫言申しあげたところ、逆上なされて……」
信　虎「違う！　工藤一族は、しばしばわしに背き、武田を攻めたことが何度もあるはず。敗れ、国を追われた工藤一族はどこに逃れた？　言って見よ！」
内　藤「そ、それは……」
信　虎「言えぬか？　ならばわしが言ってやろう。伊豆じゃ。韮山の早雲のもとに逃げたのよ。その後、帰参を許したが、お前の兄は秘かに小田原に通じておった。それが発覚したので、呼び寄せ、証拠を突きつけたのじゃ。すると、わしに斬りかかってきたので、返り討ちにしたのだ」

内　藤「そんなはずは……、嘘じゃ！」

信虎、文箱の中を探し、5通の書状を抜き取ると、内藤昌秀の目の前に無造作に放り投げた。それをみた内藤は、5通の書状を開き、目を剥いて驚く。

内　藤「こ、これは……」

信　虎「その筆遣いに見覚えがあろう。ないとは、いわせぬぞ」

内　藤「こ、これはまさしく、兄工藤上総介のもの……」（書状を持つ手が震えている）

信　虎「そこに、何と書いてある？　工藤は誰に書状を送ったのかな？」

内　藤「……」（汗が流れ、答えられない。両側から馬場と春日が覗き込み、驚く）

馬　場「北条左京大夫……、氏綱じゃ」

春　日「北条が津久井筋から、大月に攻め込み、信虎が甲府を出陣するのを合図に、同心している者たちとともに兵を挙げる……」（馬場と春日は顔を見合わせ、青ざめる内藤と上座の信虎をみる）

信　虎「工藤上総介は、小田原の北条氏綱に内通しておったのじゃ。その密書は、透波が工藤の使者を斬って奪いとり、わしの手に落ちたもの。奴を呼び出し、それを突きつけたら、突然、脇差しを抜いてきよったわ。わしは注意を怠らなかったので、すぐさま切り伏せることができた。ほれ、内藤、残りも御覧あれ」

内藤、他の書状も開きみて、呆然となる。

信　虎「残りは、工藤や内藤相模守が、北条と取り交わした書状じゃ。氏綱の書状もあるじゃろう。恩賞として、甲州で一郡を与えるとなっておる。内藤よ、これでも、わしが気が触れたから家臣を成敗したと言い募るか？　どうじゃ？」

内藤、がっくりうなだれ、答えられない。その様子をみながら、信虎は文箱の中をさらに探し、馬場信春の眼前にも数通の、山県昌景の前にも数通の書状を放り投げた。二人は、それを慌てて確認する。

馬　場「これは、諏方安芸守、碧雲斎から馬場伊豆守殿に充てた密書！（他のものを開き）これもじゃ！（別のものを開き）こちらは、信州長窪の大井貞隆からのもの！」

信　虎「それらも、馬場を味方に誘ったものじゃろう？　では馬場は何と返答したかな？」

馬場、残る書状を開き、目を見張る。

馬　場「諏方と長窪が動き次第、自分も御嶽に籠もる……」

信　虎「（驚く勝頼をみて）もし御屋形様ならば、なんとなさる？」

勝　頼「成敗……、そして所領没収、改易……」

信　虎「でござろうな。ときに山県、そなたもご覧あれ」

山県昌景、額に汗を浮かべながら書状を一通ずつ開いていく。みるみる顔が青ざめる。

信　虎「どうなされた？　武田家中に山県ありといわれた豪傑が、浮かぬ顔をされて」

山　県「まさか、山県河内守殿が、今川に内通していたとは……、し、知らなんだ……」

信　虎「今川氏親からの密書もあるじゃろう？　山県に知行一千貫文を与える約束をして

おるな?」
山　県「ま、まさしく……、その通りにございます」
信虎、勝頼や家臣らを見渡しながら、
信　虎「これでも、わしは諫言する家臣をむやみに成敗した、悪逆非道の御屋形だったと言い募るか?　どうじゃ?　内藤?」
内藤、うなだれたまま答えられない。全員が俯き、信虎と視線を合わせられない。
信　虎「わしに成敗された者たちは、みな今川、北条、大井、諏方らに通じており、謀叛を企てておった。火種は小さいうちに消さねばならぬ。わしは動かぬ証拠をつかんでから、彼らを別件で呼び寄せ、斬り捨てた。この事情を知る者は、みな死んでしまった。板垣、甘利、飯富ら数人しか知らぬこと。だがわしは家臣に命じて上意討ちにはせなんだ。もしそれをやれば、斬った者と斬られた者の身内同士がいがみあい、あらたな火種を作ることとなる。だから、わし自身が手を下したのだ。事情を知らぬ者たちには、わしが狂気に取り憑かれた暴君と映ったことであろうよ」
逍遙軒「父上、まさかそんな事情があったとは……」
信　虎「信玄も気づいておったであろうよ。じゃが、信玄は知らぬふりして、わしをあくまで暴君として駿河に追った。わしがなぜ今川殿を頼み、甲斐に攻め込まなかったかわかるか。孫六!?　信龍!?　信実!?」
誰もが身動き出来ず、信虎の言葉を固唾を呑んで見守っている。

信　虎「せっかく甲斐をまとめあげ、他国に手を伸ばせるほどにまで育て上げた武田家を、このわしが自ら壊す愚を犯すわけにはいかなかったからじゃ。だから、わしは家臣や民百姓の怨みを一身に背負い、汚名を喜んで着ることにしたのだ。さすれば、信玄が楽に動けるであろうからのう」

信虎、小笠原憩庵ごしに勝頼をみる。

信　虎「御屋形様、わしの生涯をかけた戦を、信長を討ち、御公儀を再興し、武田家がこれを支え、天下の管領になる宿願に力を貸してはくれまいか」

勝　頼「それは家中と談合を重ね、熟慮のうえで返答申しあげる」

信　虎「甘い！」

信虎が刀を持ったまま、腰を浮かせ、勝頼の方へ動いた刹那、小笠原憩庵が信虎の腕を取り、太刀をもぎ取り、足払いをかけて倒す。そして信虎の腹の上に膝を入れ、動きを封じる。

信虎、悶絶する。憩庵は、太刀を素早く鞘に収め、長坂に渡す。

憩　庵「これはご無礼仕りました。武田家重代の名刀を、どうしても間近で拝見いたしたく、おもわず手に取ってしまい、転んでしまいました。どうかご容赦くださいませ」

信虎を抱き起こしながら、

憩　庵「どこか体が悪くなされましたか？　これはいかぬ。誰か、先々代様を部屋にお連れ申せ。医者を呼ぶ手配をお願い申す」

信虎は、耀、武士1らに付き添われ、武田家の近習たちが担ぎあげて大広間から運び出す。

混乱が鎮まり、憩庵は勝頼に一礼して上座から下がる。勝頼、憩庵に頷き、跡部に目配せをする。

跡　部「本日の集会《しゅうえ》はこれまでと致す。それぞれ宿所に引き取られ、甲府へ帰陣する準備を進められますよう」

勝頼が退出する。家臣らも大広間を後にする。

○高遠城本曲輪・勝頼の居間

テロップ「高遠城本曲輪・勝頼の居間」

勝頼の前に、長坂、跡部、土屋惣三昌恒、秋山紀伊守、小原継忠が控える。

長　坂「先々代様は、まだ衰えてはおりませぬ。あの眼光、あの身のこなし、冴えわたる才気」

跡　部「それだけではないぞ。あれだけの策を、夢物語でなく、裏づけまでして実現手前にまで持っていっておる」

秋山紀伊守「さすがは信玄公の父君。乱れた甲斐を瞬く間に統べた理由がよくわかり申した」

土　屋「それよりも、恐ろしいのは、今度のやりとりで、先々代様が暴君ではなく、思慮を重ねられ、武田家のために身を退いたことが、家中の面々に知れ渡ったことです」

小　原「そうなると……」

土　屋「家中の者たちが、同情心と敬意を持つようになったとみてもよろしいかと。そもそも、今の各々方のご発言こそがその証かと存ずる」

長　坂「まさか、先々代様を担いだ謀叛が起こるおそれが……」
土　屋「その恐れが高まったのではないでしょうか。御屋形様は慎重にことを運ぶ所存と承りました。されど、大風呂敷を広げた先々代様の舌頭に乗せられる者がおらぬとも限りませぬ」
全員が、沈思している勝頼の表情をうかがう。
勝　頼「先々代様のまわりに目付と透波を伏せておけ。誰と連絡をとっているかをよく調べるのだ。あちらには、甲賀衆が付いておる。慎重に動くよう、申し伝えよ」
一同「ははっ」

○高遠城下・信虎屋敷・信虎の居間
信虎が布団に寝かされている。耀が看病をしている。信虎が目を覚ます。
耀　「父上、気がつかれましたか？　ああ、よかった」
信　虎「お耀、起こせ」
耀　「はい」
耀は信虎を抱き起こし、薬湯を勧める。信虎、ゆっくりと飲み干す。椀を耀に渡すと、
信　虎「さがっていよ」
耀　「はい」
耀が出て行く。信虎、机の前に座り、書状を書き始める。

信　虎「やはり諏方の者には、荷が重いか。ならば、わしが出張るよりほかあるまいな」

○武田軍の行列

N「信虎との対面を終えた武田勝頼は、甲府に凱旋していった。しかし、勝頼による信虎の監視は強化されていった」

○甲府・躑躅ケ崎館・詰め所

テロップ「甲府・躑躅ケ崎館・詰め所」

テロップ「天正二年二月十八日」

土屋昌恒が宿直のため詰めている。書見台で本を読んでいる。ふと、気配を感じた土屋が、刀を引き寄せる。

土　屋「誰だ！」

男　「（小声で）透波頭の理平にござりまする」

土　屋「（小声で）入れ！」

理平が襖を開けて静かに入ってきて平伏。

理　平「御免！」

土　屋「ご苦労。して首尾は？」

理　平「委細は、これに記してありまする」

理平は懐から、冊子を取り出す。土屋、それを見ながら、眼を剥いて驚く。
土　屋「これはまことか？」
理　平「はい。われらは、甲賀衆を引き入れることに成功しました」
土　屋「ほう。それは重畳」
理　平「甲賀衆も、武田家を混乱させることには賛同しかねている様子。武田が力を落とせば、甲賀は織田に踏みつぶされることになりますからな」
土　屋「そうか。だから、先々代様の様子や、密書の内容までが暴かれているわけじゃな」
理　平「御意」
土　屋「いずれにせよ、一大事じゃ。すぐに御屋形様にお知らせする。そなたたちは、引き続き、先々代様を見張るのじゃ」
理　平「ははっ」
理平、部屋を出て行く。土屋も部屋を出て行く。

○甲府・躑躅ケ崎館・勝頼の寝所
寝床から勝頼が起き上がり、土屋の差し出した文書を読み進めている。傍らには土屋昌恒のみが控える。勝頼に驚きの表情が浮かび上がる。
勝　頼「あれから、まだ八日ほどしか経っておらぬのに、事態はここまで動いておったとは」
土　屋「それがしも驚いた次第。先々代様は、天子様、上様のご威光を後ろ楯に、家中の宿老どもを味方に引き入れ、武田の御当主に復帰なさるつもりでおられることは、もはや明々白々」
勝頼「まさか、穴山、山県、原らが同心しているとは。そればかりか、一条、河窪の叔父上までもが与するとは……」
土屋「この綴りの終いの方をご覧いただけませんでしょうか？」
勝頼、冊子を急いで繰り、後半をみる。そしてさらに驚く。
勝頼「な、なんと！　あの内藤と馬場までもが心を動かしていると？」
土屋「あれほど、先々代様に罵られながらも、その真意とご器量に心動かされたと述べている始末にござる」
勝頼、冊子のページをなおも繰る。
勝頼「ふむう……、今のところ、同心していないのは、高坂弾正だけということか……」
土屋「はい、されど、このことを高坂殿はこちらに報じてきてはおりませぬ。もし、御屋形様に忠節を尽くす気持ちがあるならば、とうに報じてきているはず」
勝頼「知らせてこぬということは、心が動いているということか……」
土屋「御意……」
勝頼「典厩と逍遙軒の名がみえぬが？」
土屋「どうも、先々代様は逍遙軒様をあまり買ってはおられぬようで……まだ打ち明けてもいないご様子……。また典厩様は先代の古典厩のご遺訓を固く守り、御屋形様とも昵懇なれば、そちらに話を向けてはおられぬのではありますまいか」
勝頼「そうか……」
土屋「されど、もし逍遙軒様までが先々代様に荷担し、典厩様に話が打ち明けられるとなれば」
勝頼「信虎が動き出す時ということか……」
土屋「はい……」
勝頼「やはり、信虎は武田にとって大凶の男……、もはや捨て置けぬ」
土屋「なれば……やはり……」
勝頼「(頷きながら)火種は、小さいうちに消すに限る。他でもない、信虎公自身がそう仰せになっていたではないか。のう?」
土屋「(頭を下げ)かしこまりました。すぐに手配いたしまする」
勝頼「信虎に通じた者たちに気取られるな。甲賀衆を抱き込んだといっておったな。行動を起こす際は、彼らを使者にするであろう。その時か、もしくは逍遙軒に水が向けられた時が合図じゃ」
土屋「ははっ!」
土屋、退出していく。勝頼の表情が強い決意を感じさせる。

○高遠城下・信虎屋敷・信虎の居間
テロップ「天正元年三月四日」
信虎が、二人の甲賀衆から書状を受け取っている。
信　虎「して、この二人の様子はいかがであったか?」
武士1「武田のためにはやむをえぬと申しておりました」
武士2「こちらも同様にござりまする」
信　虎「よし。これで、武田の宿老衆はほぼこちらが押さえた。やはり、諏方の者が栄えある武田の統領になるのは、身の丈に余るものだったということじゃ。信玄め、最後の最後にしくじりおったな。ふははは……」
襖の外から耀が声をかける。
耀「お父上様、薬湯をお持ちいたしましたが……」
信虎、甲賀衆に出て行くよう目配せをする。二人、一礼して廊下側の腰障子を開け、退出していく。
信　虎「入れ」
耀、襖を開け、入ってくる。薬湯を信虎に渡し、その肩に着物をかけて冷やさぬよう配慮をする。耀、不安そうに呟く。
耀「お父上様、このところ、甲賀の者たちの出入りが慌ただしいように思いまするが、何かあるのですか?」

信　虎「いやなに、上様や諸大名とのやりとりが慌ただしくてな。だいぶ、世の中は面白いことになって参ったぞ。これで武田が天下に近づく奇瑞《きずい》かも知れぬ」
耀「ならばよろしいのですが。このところ、夜更けまでお休みにはなられておらぬご様子。どうか、お年を考えて下さいませ。少し、昼寝をされたらいかがですか?」
信　虎「ふむ、そうじゃな。このところ、上様とのやりとりでいささか疲れた。あとで少し休むとしよう」

○高遠城下・信虎屋敷の入口

逍遙軒がやってくる。武士1が対応に出て奥に行く。やがて、耀が出てきて、あいさつをする。
耀「これはこれは、逍遙軒様、ようこそお越しになられました」
逍遙軒「耀殿、父上はご在宅かな?」
耀「はい。それがいま奥で休んでおりまする」
逍遙軒「おお、昼寝をされておられるか」
耀「このところ、なにやら余所との対応に余念がなく、甲賀の者たちとのやりとりで、夜更けまで寝所に入らぬ生活でしたので、疲れたのだと思いまする」
逍遙軒「ほう……」
耀「なんぞ、至急の御用向きでしょうか?　ならば、起こしますが」

逍遙軒「いやいや、それには及ばぬ。以前描き始めた父上の画像が仕上がったのでな。それをお見せしようと思うただけじゃ。また出直すことにしよう」

耀　「そうでしたか。父も楽しみにしておりましたので。でしたら、夕餉を差し上げたいので、夜にお出まし願えませんでしょうか？」

逍遙軒「おう、それはありがたい。ならば、夕刻にでも出直そう」

逍遙軒が踵を返し、出て行く。逍遙軒の表情が冴えない。

逍遙軒「あれから、特に父上からは上様や諸大名との様子をうかがってはおらぬ。六角次郎殿は、甲府に呼ばれて留守だし、他国と頻繁にやりとりをしていると言っておったが、甲賀衆は五人とも屋敷や外に今もおったはず。領外から出入りしている者がいるとは聞いておらぬが……」

逍遙軒は、歩きながらそう考えた。そしてふと、思いつくことがあり、足を止める。

逍遙軒「甲賀の者たちが、出入りしている……、どこに？」

そして後ろを振り返り、

逍遙軒「まさか」

○高遠城下・信虎屋敷

耀が、信虎の寝所をそっと覗く。信虎はぐっすりと寝ている。それを確認して、耀は信虎の居間に入り、文箱を開けて調べる。慎重に順番を崩さぬよう、配慮しながら、書状類を開けてみる。耀、その内容に驚く。

○高遠城下・信虎屋敷・客間

テロップ「天正元年三月四日夜」

信虎と逍遙軒が向き合いながら、夕餉を取っている。耀が二人に酌をしている。

信　虎「そなたは、やはり武将というより、文人じゃな。さきほどみせてもらったわしの画像、なかなかの出来映えではないか。どうじゃ、すっぱりと隠居して、文人としての余生を送ってみては？」

逍遙軒「恐れ入りまする。ただ、それがしの跡継ぎは、男子が平太郎信澄しかおりませず、なによりまだ元服したばかり。とても武田家の一門衆のお役に立てませぬ。隠居までは、もう少し時が必要かと」

信　虎「ほう……、ならばまだ武将として、武田家の一門衆として生きる気根があるということじゃな？」

逍遙軒「はい、仰せの通りで……」

信虎、耀を省みて、

信　虎「呼ぶまでさがっておれ」

耀　「はい」（一礼して出て行く）

耀が出て行ったのを確かめて、

信　虎「逍遙軒、お主に話がある……」
逍遙軒「父上、それがしもお聞きしたきことがございます」
信　虎「なんじゃ？」
逍遙軒「父上は、甲賀衆をあちこちに派遣しているようですが、どちらに送り込んでおられるのでしょうか？　少なくとも、他国の大名ではございますまい。不在の者がほとんどおらぬのに、甲賀衆の出入りが頻繁というのは極めて面妖。父上、何をなさっておられるので？」
信虎、逍遙軒の表情をじっとみて、
信　虎「この話は、誰ぞにしたか？」
逍遙軒「いいえ、今朝気づいたのです」
信　虎「文弱だとばかり思うていたが、なかなか見るではないか」
逍遙軒「それで？　いったい何を？」
信　虎「逍遙軒、わしはな、武田の当主に戻ろうと思うておるのだが、いかがかな？」
逍遙軒、顔面蒼白になる。
逍遙軒「ち、父上、正気ですか？」
信　虎「正気も正気。それどころか、今や心身ともに力がみなぎっておるわ」
逍遙軒「そんな愚かなことを。誰が父上を当主にしようというものですか！」
信　虎「そう思うか？」

逍遙軒「思いまする！」
信　虎「では、あの諏方のせがれを武田の屋形にすえておくのでよいと、そちは考えておるのじゃな？」
逍遙軒「兄信玄が決めたこと。それに家中が同心し、去年夏には家督相続の儀式と、他国への披露も行われました。勝頼殿こそが、武田家の当主であり、御屋形様にござる」
信　虎「武田の通字の信を戴かぬ者が、諏方の男が当主で、そなたたちは納得できているのか？勝頼に、どれほどの器量があると思うか？　過日の話に心を動かさぬうつけ者じゃぞ」
逍遙軒「勝頼公をお支えし、武田を繁栄させることこそが、われら家中の役目、一門衆のつとめにござる」
信　虎「信玄亡きいま、かの者が残した家臣、軍団、あらゆるものを、有効に使いこなせる者でなくば、信長に水をあけられるばかりとなろう。勝頼に統領としての器量はない。わしが信玄の後を引き継ごう」
逍遙軒「父上は、そのために帰ってこられたのですか？……」
信　虎「ふん、最初はそのつもりはなかった。だが、長々とこの高遠で待たされる間に、次第に気が変わって参ったのよ。はっきりと決心したのは、この前の対面の時じゃ。わしの策を、勝頼はまったく理解できなんだ。これは駄目じゃと思うたわい……ははは……」
逍遙軒「なれど、いかに父上が画策なされようとも、武田の家中に父上の返り咲きを望む者などおりませぬぞ。兄信玄の遺命を奉じ、勝頼公に忠節を尽くすことで家中の面々は結束しておりまする。それに微塵の疑いもありませぬ！」

信　虎「果たしてそうかな？」

逍遙軒、ぎょっとする。

信　虎「ついて参れ」

信虎、客間を出て居間の方に進んでいく。逍遙軒、後を追う。信虎、居間の襖を開け、文箱に近づくと、篋底に収められたたくさんの書状類を手に取り、逍遙軒の足下にぶちまける。

信　虎「孫六、とっくとみるがよい。これが、勝頼を支えることに微塵も疑いを持たぬとそなたが信じる武田家中の面々の本音じゃ」

逍遙軒は、足下の書状を手に取り、見知った人物の署名を見つけ出して驚愕。さらに書状を開いて読み始めて、さらに驚く。

逍遙軒「こ、これは……、なんということじゃ……」

信　虎「どうじゃ。山県、原、穴山、信龍、信実だけではないぞ。わしを八つ裂きにしたいと思うておるはずの内藤も、罵倒された馬場、高坂も同心したわ」

逍遙軒「し、知らなんだ……、まさか、こんなことになっていようとは……」

信　虎「それはそうよ。お主と典厩信豊だけには、話をしておらなかったでのう。お主は文弱で頼りにならぬと思うたし、典厩は勝頼に近すぎる。話せば、謀議が漏れる恐れがあった。お前たち二人には、最後まで話す気はなかったが、もう勝頼を取り除く用意は調った。あとはわしが合図を送れば、甲府で山県らが決起するであろう。勝頼は殺され、長坂や跡部ら君側の奸も除かれよう。すべてが終わったところで、お主と信豊にわしらへの同心を迫る予定であったのだ」

逍遙軒は、座っているのに思わずよろめき、手をついた。

信　虎「ここまで世話をしてくれたお主だから、合図を送るまえに打ち明けたのよ。どうじゃ、最後の親孝行をしてはくれぬか。わしの側につけ」

逍遙軒は、はっと気を取り直して立ち上がる。

逍遙軒「いいえ、同心できませぬ！」

信　虎「なんだと」

逍遙軒「父上は、せっかく育て上げた武田を壊したくなかったから、駿河から攻め寄せなんだと仰いましたな。今の武田は、父上が駿河に追放された時の何双倍にもなっておりまする。それを再び修羅の巷にするおつもりか？　それこそ、信長に利するようなものではありませぬか！」

信　虎「黙れ！　だからこそ、速やかに勝頼と側近どもだけを排除するのよ。さすれば内戦にならず、わしが追放された時のように、武田は微動だにしないであろう」

逍遙軒「勝手な言いぐさ、承知できませぬ！　父上は、やはりおのが野心のために、この武田を利用することしか、おのれのことしか考えておらぬことがよっくわかり申した」

逍遙軒が部屋を出ようとする。

信　虎「どこに行く！」

逍遙軒「城に戻りまする。早急に御屋形様にお知らせせねば」

信　虎「帰すと思うか？」

信虎は、太刀を取りに行き、鞘を払うと逍遙軒に斬りかかる。逍遙軒、太刀を客間に置き忘れ、脇指を抜いて応戦。太刀を受け、かわしながら、客間に転がり込む。信虎、追いかける。逍遙軒、太刀を抜く。激しい切り結びとつばぜり合い。逍遙軒、老人とは思えぬ父の太刀筋に押されるが、若さで持ちこたえる。騒ぎを聞きつけ、耀が客間に飛び込んで来る。父の袖に縋りつき、止める。

耀　「父上、おやめ下さい。ご乱心ですか？　どうかおやめ下さいませ！」

信　虎「邪魔だてするな。離せ！」

信虎、耀を突き飛ばす。

信　虎「甲賀衆！　出会え！　出会え！」

耀、なおもしがみつく。信虎、耀を突き放し、睨みつける。逍遙軒、少し肩を斬られており、血を流し、息をあえがせている。そこへ、すべての襖が勢いよく開けられ、五人の甲賀衆が現れる。

信　虎「こやつを斬れ！」（その声にかぶせて、さらに大きな声で）

耀　「者ども、さがれ！」

甲賀衆、ちょっと驚き耀をみる。信虎も耀を見る。

耀　「おまえたちはさがりなさい！　これは武田の家のもめごと！　手出し無用！　手を出

さば、六角殿や甲賀衆にも類が及びますぞ！　武田に手向かいすれば、ただでは済みますまい。武田の助けをなくさば、甲賀は織田に踏みつぶされましょう。それでもよいのか！」

甲賀衆、顔を見合わせ、引き揚げていく。

信　虎「この小娘！　わしのやり方を、邪魔するな！　わしの宿願を阻む者は用捨せぬ。まずはお前と孫六を血祭りにあげてから、勝頼を殺してくれる」

信虎、耀を斬ろうと振りかぶる。逍遙軒、太刀を払い、信虎の腕を斬る。信虎、太刀を落とす。なおも拾おうとしたその時、信虎、胸を押さえて苦しみだし、昏倒。

○高遠城下・信虎屋敷・信虎の居間

テロップ「天正元年三月五日朝」

信虎、寝具に寝かされている。側には、耀と逍遙軒、医師の僥倖軒宗慶《ぎようこうけんそうけい》が控える。

僥倖軒「だいぶ心の臓が弱っておられる。永年の心労や無理が祟ったのでしょうな。少し安静が必要です」

耀、頭を下げる。

逍遙軒「快癒する見込みは？」

僥倖軒「しばらく様子をみる必要がありまするが、幸い、症状が軽いので、少しすれば床払いできるようになるでしょう」

逍遙軒は溜息をつく。

僥倖軒「それでは、拙者はこれにて失礼いたしまする」

耀「ありがとうございました」

僥倖軒「あとで、薬を取りに城内までお出でくださりませ」

耀「はい」

逍遙軒と僥倖軒が帰って行く。耀はそれを見送り、父の枕頭に戻る。

信虎「(弱々しい声で)……お耀」

耀「お気がつかれましたか?」

信虎「わしは……、どうしたのじゃ?……」

耀「覚えておられぬのですか?」

信虎「孫六と、言い合いになったな……」

耀「少し、親子喧嘩が激し過ぎましただけで。さあ、お休みくださりませ。後で薬湯をお持ちしますから」

信虎、再び眠りに落ちる。屋敷の外には、逍遙軒がおり、武装した武者が多数、屋敷を包囲している。廊下に耀が現れ、外の様子をみる。そして逍遙軒を見つけ、軽く頭を下げる。逍遙軒も頷く。

○高遠城下・信虎屋敷・信虎の居間

昼過ぎ、信虎が床から起き上がり、庭をながめている。そこへ、耀が薬湯をもって入ってくる。
父の横に座り、薬湯を手渡す。信虎、薬湯を少しずつ口に含む。そしてぐっと飲み干す。
しばらく、外の様子をじっとみていた信虎の表情が突然かわる。

信　虎「ううっ……、ぐうっ……」

信虎、胸を押さえる。

信　虎「く、苦しい……」

しかし、耀はそばに控えたまま、何もしない。信虎ははっとする。傍らの耀に視線を向ける。
耀は、これまでとは一転して、能面のような無表情で冷たい眼を信虎に注いでいる。

信　虎「ま、まさか……、耀、そなた、何を……」

耀　「父上、これまでずっと、わたくしは父上の側を離れることなく、いえ、離れることを許されず、嫁ぐことも許されぬまま過ごして参りました。父上の姿を、生き様を、お考えのすべてを拝見させていただきました」

信虎、耀に近づこうとするが、すっと立ち上がり、遠くに避けて父を冷たく見下ろす。

耀　「この半年余りで、父上は武田の方々に、思いの丈を、憤懣をぶちまけられました。そして、自らの汚名を雪ぐ機会も得られ、大方の誤解も解けました。もうそれで満足なされませ」

信　虎「な、何を……申すか……」

耀　「これ以上、父上が身勝手を貫けば、あれほど守ろうとした武田家を危うくしかねませぬ。

それは天下に仇なすものです。怨敵信長を討つのなら、武田家を支えこそすれ、邪魔立ては無用のはず。なぜそれがわかりませぬのか」

信　虎「だ、黙れ……、武田はわしの家じゃ……、わしこそが御屋形に相応しい……」

耀　「わたくしには、ようやくすべてが腑に落ちました。父上は、しょせんご自分のことしか見えないのです。血を分けた骨肉の情などかけらもないのです。すべては、ご自分の野心を成就させるための手駒に過ぎないのです。わが母が、永禄の政変で落命したのも、父上だけが生き延びたのも、すべてはご自分が義輝公を見捨てたと思わせぬため」

信　虎「ば、ばかな……」

耀　「あの日、母は松永と三好が攻め寄せるかも知れぬと不安がっておられました。でも、あの時父上は病で自分が出仕できず、さらにそなたまでもが出仕せねば、武田に異心があると勘ぐられかねない。将軍を弑殺することは、よもやないと安心させ、御所に送り出されました。でも、父上は知っておられたはずです。逆臣が義輝公を弑《しい》する心づもりであったことを。なぜならば、松永からの密書を、わたくしはつい先日見つけてしまったからです」

信　虎「なに?」

耀　「父上は、京で反逆にも手を貸さず、義輝公への忠節を変えず、たまたま生き残り、妻を失った者として京童にも賞賛されました。わたくしも欺かれました。まさに狙いどおりだったはず。そして、逍遙軒様を始め武田の家中の面々をかき乱し、当主に返り咲こうとは。

父上は、信長の比ではない、まさしく第六天魔王です」
信　虎「お、おのれぇ……」
耀「密議が発覚した以上、父上のお命はいずれ断たれるは必定。ならば、このわたくしが手をかけるのがせめてもの親孝行かと」
信　虎「なにが、親孝行か……」
耀「母もわたくしも、武田の人々も、父上にいいようにもてあそばれ、戦乱の世に放り出されました。父上にも、家臣成敗や国の取り仕切りに言い分があるように、わたくしにも父上に積もる思いと怒りがござります」
信虎、耀の冷たい発言に衝撃を受けながら事切れる。耀、襖を開け、裸足のまま庭に出て、信虎から見えぬようにしながら、兵たちとともに外にいた逍遙軒に深く頭を下げる。それを見た逍遙軒、屋敷に入っていく。

○甲府・躑躅ケ崎館・大広間・夜

夕刻、武田勝頼と重臣たちが、地図を拡げて談合している。そこへ近習が入ってくる。
近　習「申し上げます。伊那高遠より逍遙軒様がお見えになられました」
勝　頼「通せ」
近　習「ははっ」
逍遙軒が入ってくる。勝頼に一礼し、座って辞儀をする。

勝　頼「何事か?」
逍遙軒「わが父信虎、本日の昼すぎに、病死いたしました」
　一門衆、重臣一同が驚いて顔を見合わせる。勝頼は眉一つ動かさない。
勝　頼「そうか……、先々代様がにわかに身罷るとは。病とは聞かなんだが……」
逍遙軒「昨夜遅く、心の臓の発作が起こり、昼すぎに息を引き取りました。安らかな死に顔でございました。八十一ですので、天寿を全うしたと思いまする」
勝　頼「残念であったな……、すぐに葬儀の手配をせよ。菩提寺は確か……」
逍遙軒「甲府の大泉寺にござりまする」
勝　頼「そうそう、そちらにも知らせておくように」
逍遙軒「かしこまりました」
　家中の人々は、複雑な顔をしている。それをゆっくりと見渡しながら、
勝　頼「先々代様は、壮大な夢物語を語られ、武田が天下に奉公することを望んでおられた。これよりは、その遺命を奉じて、わが家中は一層の結束が必要である」
　全員頭を下げる。
勝　頼「信長、家康につけこまれるような騒動があってはならない。（少し間を置いて）のう、そうであろうが?」
　勝頼は、山県、馬場、内藤、高坂ら重臣や一門らの顔を一人ずつゆっくりと見回す。みな顔色が悪い。

勝　頼「これより、家康に奪い返された遠江高天神城などの奪回をめざし、策を練る。皆の者、心せよ！」

みな、頭を垂れ、手をつく。まるで勝頼に詫びるように。

○寺の一室・板の間

信虎の肖像画がかけられ、二本の蝋燭が灯り、香華が手向けられている。その前に、尼僧姿の耀が座っている。何もいわず、じっと亡父の姿をみつめる耀。

耀の後ろ姿の向こうに、信虎の画像。

テロップ「武田信虎の死から八年後、武田家は滅亡した。耀は、勝頼とともに武田家の本拠新府城を脱出したが、その後の消息は不明である」

（完）

年譜

和暦	西暦	関係事項
明応　三	一四九四	一月六日、武田信虎誕生（近年は、明応七年誕生説が有力）。
永正　二	一五〇五	九月、祖父武田信昌没。
永正　四	一五〇七	二月、父武田信縄没。信直（信虎）十四歳で家督を相続する。
永正　五	一五〇八	十月四日、信直、叔父油川信恵らと戦い、これを撃破する。
永正　七	一五一〇	武田信直と小山田越中守信有の和睦が成立する。
永正一一	一五一四	駿河今川軍が甲斐に侵攻する。信直、この年、川田に居館を築く。
永正一二	一五一五	大井信達が信直に背く。十月十日、信直、大井氏の居館を攻めるが大敗。
永正一四	一五一七	一月、今川氏親が連歌師宗長に、武田信直との和睦斡旋を依頼する。
永正一六	一五一九	信直、今井（逸見）信是と戦い今井を降伏させる。八月十五日、信直、新府中（甲府）の御鍬立を始める。十二月、信直、甲府の躑躅ケ崎館に本拠を移す。
永正一七	一五二〇	栗原信友が大将となり、今井（逸見）信是・大井信達らが同調し、信直に謀叛を起こす。栗原信友逃亡、大井・今井氏は信直と和睦する。その後、栗原は帰参する。
大永　元	一五二一	四月、信直、従五位下、左京大夫に叙任。信虎と改名したのも同時期と推定される。十月、飯田河原の合戦で、福島衆を撃破。十一月三日、大井夫人が武田信玄を生む。
大永　二	一五二二	この年、信虎は、家臣らを率いて身延山久遠寺を参詣し、信虎は富士参詣を行い、富士山に登り、御鉢廻りを行う。
大永　四	一五二四	この年、武田軍が北条軍としばしば争う。岩槻城の北条氏綱方を攻める。信虎、北条氏綱と和睦。
大永　五	一五二五	北条氏綱と信虎の和睦が正式に成立。金刺昌春（諏方大社下社大祝）が、信虎を頼って甲府に来る。信虎は関東管領上杉氏と和睦する。

大永　六	一五二六	武田軍と北条氏綱が、籠坂峠の麓梨木平で激突する。
大永　七	一五二七	四月二十七日、室町幕府が、武田信虎に上洛を促す。信虎と今川氏との和睦が成立する。
享禄　元	一五二八	八月二十二日、信虎、金刺昌春を擁して諏訪に侵攻する。八月晦日、諏訪頼満と甲信国境境川で衝突し、敗北する。
享禄　四	一五三一	一月、飯富兵部少輔・栗原が信虎に背いて甲府を退去し、御岳に籠城する。今井信元もこれに同調し、二月、武田軍と反乱軍が合戦。
天文　元	一五三二	九月、浦城に籠城していた今井信元が、信虎に降伏する。甲斐統一が達成される。
天文　四	一五三五	八月十六日、北条氏綱、今川氏輝を支援すべく甲斐へ出陣する。八月、武田・今川両軍が、万沢口で合戦。八月二十一日、北条軍と武田（勝沼）信友（信虎の弟）らが山中（山中湖村）で合戦、信友らが戦死。九月、信虎、諏方頼満と境川で講和を締結する。
天文　五	一五三六	一月、武田太郎、従五位下に叙任される。元服。晴信と名乗り左京大夫に任官。信虎は、これ以後、陸奥守を称す。晴信、今川義元の斡旋により、三条公頼の息女を正室に迎える。
天文　六	一五三七	信虎の息女（信玄の姉）が今川義元に嫁ぎ、武田・今川同盟（甲駿同盟）が成立する。信虎、義元支援のため、須走口に侵攻する。十月、冷泉為和が、武田信虎に招かれ、躑躅ケ崎館で和歌を詠む。
天文　七	一五三八	武田・北条両氏が和睦する。
天文　九	一五四〇	十一月、信虎の息女禰々が、諏方頼重に嫁ぐ。
天文一〇	一五四一	五月、信虎・晴信父子が、村上義清・諏方頼重とともに、信濃国海野棟綱を攻めてこれを上野国に追放する。六月十四日、信虎、今川義元を訪問するため、密かに甲府を出発。晴信、足軽を甲駿国境に派遣し、父信虎の帰国を阻む（信虎追放）。

和暦	西暦	関係事項
天文一二	一五四三	六月、武田入道信虎が京都見物を行う。七月、顕如、信虎と対面する。八月、信虎、高野山に参詣した後に、奈良に入り、三十日ばかり逗留する。八月、信虎、奈良を発ち、駿河へ帰る。
永禄　元	一五五八	一月、信虎、京都で山科言継・言経の訪問を受ける。万里小路惟房が、信虎の所望により三体和歌の奥書と外題を書写して贈る。
永禄　二	一五五九	八月、信虎、将軍足利義輝に拝謁する。
永禄　三	一五六〇	一月九日、信虎の息女（信玄の妹）が、菊亭晴季のもとへ嫁す。
永禄　五	一五六二	信虎は、今川氏真の暗愚につけ込み、今川家臣を調略。関口氏広は切腹を命じられたとされるが、事実かどうかは確認できない。
永禄　九	一五六六	五月一日、信虎が駿河に入ったとの未確認情報があり。
天正　元	一五七三	三月七日、信虎、甲賀国に入り、将軍足利義昭の指示により軍勢を集め、織田信長打倒に参加しようとする。
天正　二	一五七四	信虎、武田勝頼と対面する。三月五日、信虎、高遠の禰津神平の屋敷で死去。享年八十一歳。三月七日、武田勝頼、信濃国佐久郡岩村田の龍雲寺住持北高全祝に信虎死去を伝え、甲府大泉寺での葬儀において大導師を依頼する。五月五日、武田逍遥軒信綱が、父信虎の画像を描き、画賛を春国光新に依頼し、大泉寺に納める。
天正　七	一五七九	二月二十三日、勝頼、信虎の七回忌法要を濃国佐久郡岩村田の龍雲寺住持北高全祝に依頼する。

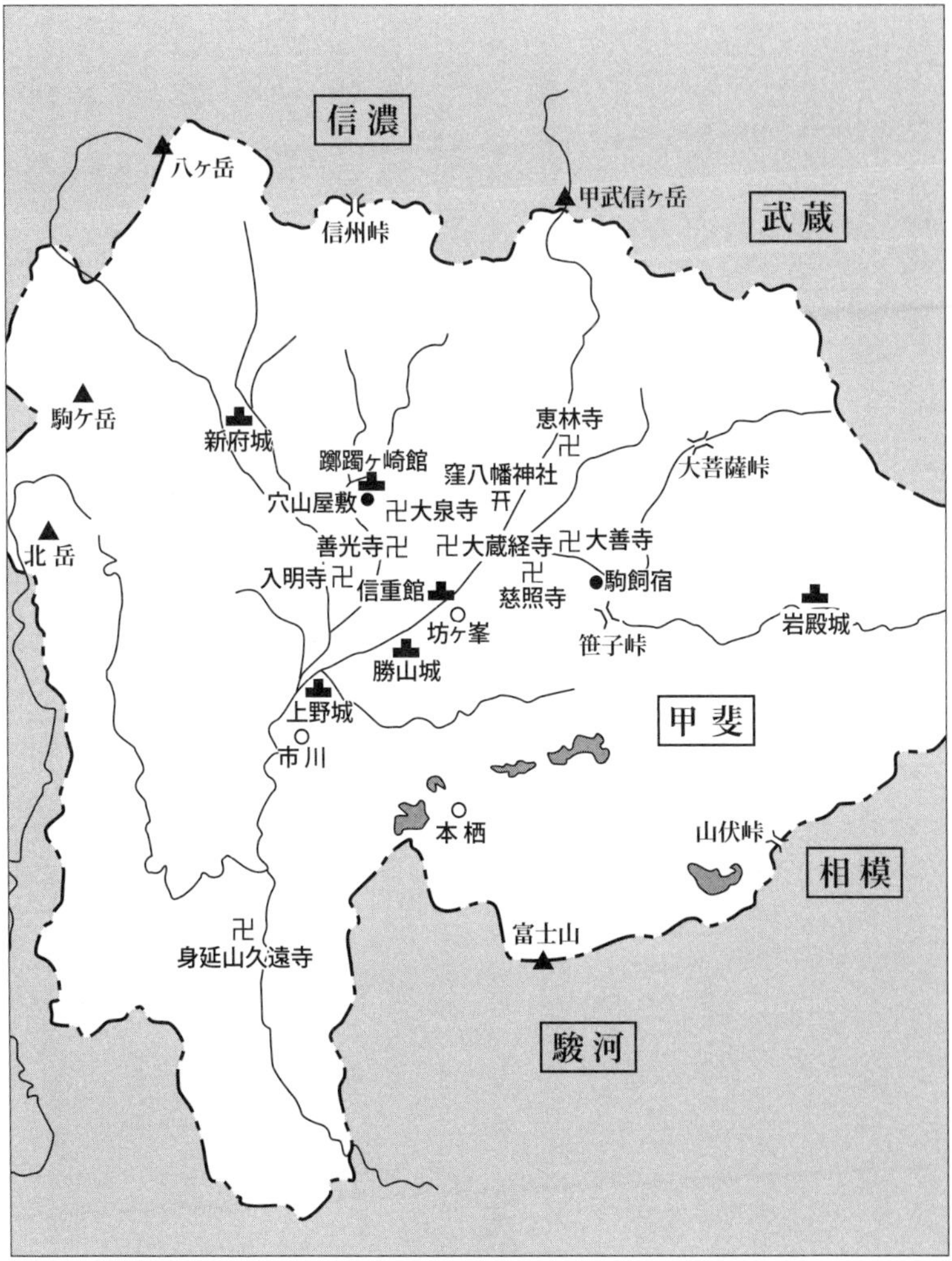
信濃
八ヶ岳
信州峠
甲武信ヶ岳
武蔵
駒ヶ岳
新府城
恵林寺
躑躅ヶ崎館
窪八幡神社
大菩薩峠
穴山屋敷
大泉寺
北岳
善光寺
大蔵経寺
大善寺
入明寺
信重館
慈照寺
駒飼宿
坊ヶ峯
笹子峠
岩殿城
勝山城
上野城
甲斐
市川
本栖
山伏峠
相模
富士山
身延山久遠寺
駿河

甲斐国図

あとがき

ミヤオビピクチャーズ（以下、ＭＰ）より、甲府《こうふ》開府五〇〇年記念事業の一つとして、武田家についての映画製作をする予定なので協力して欲しいと連絡を頂いたのは、二〇一八年九月の残暑厳しい頃だった。その時は、時代考証という任務だろうと漠然と理解していたのだが、企画が本格化するにつれて、実はシナリオを書いて欲しいのだといわれた時の衝撃は忘れられない。私は、歴史学者であって、脚本家ではない。これまでの人生で、シナリオを書いた経験もなければ、興味もなかったのだから、辞退するのに必死だった。

当時の担当者と押し問答をするうちに、ならば素案の提示でということとなり、いわゆる箱書きとして提出したのが、本書収録の「武田氏滅亡」（原題「武田崩れ」）である。その後、企画が変化し、甲府開府五〇〇年記念事業に相応しく、武田信虎を主人公とした映画製作の方向に落ち着いていった。ところがまたもや、脚本執筆の依頼が舞い込んだのだ。押し問答の末、根負けした私は、どうせ素人なのだから、のびのびと思い切り書いてやれ、採用されることなどないだろうから、と開き直り、二ヶ月ほどで書き上げたのが本書収録の脚本「信虎の最期」である。折しも、私は、武田信虎の伝記執筆の準備中でもあったので、史料やデータは揃っており、物語の展開以外に、史実の面では苦労することはなかった。原稿提出後、しばらくして、ＭＰを通じて、複数の地元スポンサー候補が「信虎が最後に暗殺されるストーリーは如何なものか」と難色を示したとの報告があり、予想通り脚本はボツになったのである。

これで安堵した私は、二つの習作を、篋底《きょうてい》の奥深く封印することとし、日常に戻ったのであった。ところが、MPより、習作を刊行したいとの申し出を受けた。固辞したものの、MPの勧めもあり、すべてをお預けすることにし、今回の刊行に至った次第である。私としては、面映ゆいばかりであるが、こんな仕事もしていたことを開陳するのも一興かと考え直した。私の文箱の底から甦った、小品の誕生を、今は素直に喜びたいと思う。

平山　優

二〇二一年八月吉日

〔著者紹介〕
平山 優（ひらやま・ゆう）
昭和39年（1964）東京都新宿区生まれ。立教大学大学院文学研究科博士前期課程史学専攻（日本史）修了。専攻は日本中世史。山梨県埋蔵文化財センター文化財主事、山梨県史編纂室主査、山梨大学非常勤講師、山梨県立博物館副主幹を経て、現在山梨県立中央高等学校教諭、放送大学非常勤講師、南アルプス市文化財審議委員。武田氏研究会副会長。2016年NHK大河ドラマ『真田丸』の時代考証を担当。映画『信虎』の武田家考証、字幕・ナレーション協力を担当。テレビ番組など多数に出演。
主要著書に、『天正壬午の乱 本能寺の変と東国戦国史』（学研、2011年）『武田信虎 覆される「悪逆無道」説』（戎光祥出版、2019年）『長篠合戦と武田勝頼』、『検証長篠合戦』（吉川弘文館、2014年）『武田氏滅亡』（角川選書、2017年）、『戦国の忍び』（角川新書、2020年）、『武田三代 信虎・信玄・勝頼の史実に迫る』（PHP新書、2021年）など多数。

映画シナリオ
武田氏滅亡・信虎の最期

2021年10月22日 第1刷発行
著 者 平山 優
発行者 宮下玄覇
制 作 MPミヤオビパブリッシング
〒160-0008
東京都新宿区四谷三栄町11-4
電話 (03) 3355-5555㈹
発売元 株式会社宮帯出版社
〒602-8157
京都市上京区小山町908-27
電話 (075) 366-6600
http://www.miyaobi.com/publishing/
振替口座 00960-7-279886
印刷所 モリモト印刷株式会社

 ISBN978-4-8016-0219-9 C0021